Josef Freund
Martina Müller

öbv

3

Deutsch
Sprachbuch

mit differenzierten Übungen
Teil B

www.oebv.at

So lernst du mit dem Sprachbuch:

Symbole	
Gesprächskreis Sprecht im Gesprächskreis darüber.	**Rollenspiel** Spielt das Gespräch als Rollenspiel.
Gesprächsregel Halte dich beim Sprechen an die vereinbarten Gesprächsregeln.	Schreibe ins Buch.
Schreibe ins Heft.	**Lupe** Hier kannst du etwas entdecken.
★ Der eine Stern sagt dir: Diese Aufgabe ist besonders leicht. ★★ Zwei Sterne bedeuten: Auch diese Aufgabe ist nicht schwer. Die meisten Kinder werden sie schaffen. ★★★ Diese Aufgabe ist nicht so leicht zu lösen. Vielleicht schaffst du sie trotzdem.	**Eichhörnchen** Sammle Lernwörter mit dem Übungstext. ab Unterstreiche die Lernwörter.

Teil B

1 Eine unüberlegte Rodelfahrt

Simon und Lena haben schon vor einiger Zeit eine besonders tolle Rodelstrecke entdeckt. Eigentlich ist hier das Rodeln verboten, aber es hat noch nie jemand mit ihnen geschimpft.
Gerade kommen sie wieder mit Schuss den Abhang herunter – fahren an ein parkendes Auto und beschädigen es.
Simon und Lena kommen mit dem Schrecken davon.

- ★ Lest die Geschichte. Was ist schuld an dem Zusammenstoß? Was meint ihr?
- ★★ Besprecht im Sitzkreis, was die Kinder tun sollten. Welche Lösungen findet ihr?

Ergänze die Geschichte. Wie sollte sie deiner Meinung nach enden? Mache dir Notizen.
Nun erzähle deine Geschichte. Alle hören dir aufmerksam zu.

★★★ 2 Erzähle von einem ähnlichen Missgeschick in der Winterzeit.

★★ 3 Bergab

Miro rodelt einen Hang hinunter. Woran kommt er vorbei?

Felsen • Wegweiser • Wald • Fußgänger • Bach • Gebüsch • Schneemann

Schreibe einige Sätze auf.

rodelt saust prescht flitzt schießt rast jagt

Bergab
Miro flitzt an einem Felsen vorbei.
Er s… .

Sprechen – hören – Sprache trainieren

LP Kreisgespräche aus dem Erfahrungsbereich der Kinder führen. **BiSt** Die Kinder können die eigene Meinung angemessen äußern; in Konflikten gemeinsam nach Lösungen suchen; ihre Lesefertigkeit an einfachen Texten zeigen.

Satzbau im Winter

1 Vom Wintersport

Lisa erzählte:

Draußen lag *viel Schnee.*
Ich zog *meinen Anorak an.*
Danach holte *ich meinen Schlitten.*
Ich ging *zu unserem Hausberg.*
Dort sauste *ich den Hang hinunter.*

Zeitwörter
~~lag~~
~~holte~~
~~zog~~
~~ging~~
sauste

Setze in jedem Satz das passende Wort ein und unterstreiche es rot.

2 Aus Wörtern werden Sätze

In jedem Satz steht ein Zeitwort.

Jakob	auf	Hang	stürzte	dem
Anna	dem	auf	Eis	tanzte
Felix	Schneemann	baute	einen	
siegte	Lukas	einem	Wettlauf	bei

Bildet 4 sinnvolle Sätze.
Habt ihr dabei bemerkt, was mit den Wörtern los war?
Habt ihr Regelmäßigkeiten entdeckt? Sprecht über eure Entdeckungen.

Wörter bilden Sätze nach bestimmten Regeln.

3 Sätze umbauen

Die Farben helfen mir.

Kinder	bauten	oft	Schneemänner	.
Schneemänner	bauten	Kinder	oft	.
Oft	bauten	Kinder	Schneemänner	.

Schreibe die Sätze auf. Sprich sie und betone deutlich.
Versuche herauszubekommen, wie sich die Bedeutung ändert.

Zeitwörter mit ä ableiten

★
1 Auf zum Wintersport!

Ich trage meine Schi. *tragen – trägt*

Andere Kinder ____________ *ihren Schlitten.*

Laura ____________ *ihre Eislaufschuhe.*

Said ____________ *seine Rodel. Markus* ____________ *seine Schistöcke.*

Anna ____________ *ihren Schibob. Jovanka* ____________ *ihr Snowboard.*

★ Schreibe die Sätze auf.

★★
2 Leite das ä-Wort von einem a-Wort ab.

tragen • backen • waschen • fahren • blasen • halten • fangen •
hält • fängt • bläst • bäckt • trägt • fährt • wäscht

Schreibe so: *sie trägt – wir tragen*

★★
3 ä kommt von a

Ich fahre Rad.	Ich fange den Ball.	Ich trage den Korb.	...
Lea ... Auto.	Lisa ... die Kugel.	Paul ... die Tasche.	...

Schreibe einige Satzpaare auf. Verwende die Wörter von 2.

★★★
4 Suche **verwandte Zeitwörter** mit ä.
Schreibe so: *eine Zahl – er zählt*

Zahl • Hang • Wahl •
Qual • Falle • Kampf

★★
5

Ein strenger Winter

Täglich fängt es in der Früh stark zu schneien an.
Ein eisiger Wind bläst über das Land.
Mehrere Tage schon hält die Kälte an.
Auf steilen Straßen bleiben Fahrzeuge hängen.
Oma benützt zum Einkaufen ihren Schlitten.
Auf einem großen Platz kämpfen sich Fußgänger in
warmen Jacken durch den Schnee.

Lernwörter

die Jacke
der Platz
der Schlitten

blasen
fangen
hängen
halten
kämpfen

durch

Rechtschreiben

LP Der Wortstamm als Hilfe; Wortschreibungen festigen; Wörter mit zunehmender Sprachbewusstheit schreiben. **BiSt** Für normgerechtes Schreiben Rechtschreibstrategien anwenden; die Möglichkeit des Ableitens und Verlängerns nutzen; zu einem Wortstamm gehörende Wörter erkennen.

Wettervorhersagen schreiben

1 Lena hat eine **Wettervorhersage** so geschrieben:

Wettervorhersage für den 17. Jänner

Am Morgen wird es bewölkt und kalt sein.

Am Vormittag wird es schneien

Zu Mittag werden sich die Wolken auflösen.

Am Nachmittag wird die Sonne scheinen.

Am Abend wird es in den Bergen wieder schneien.

In der Nacht wird es klar und kalt sein.

Schreibe den Text ab. Dann lies ihn wie eine Fernsehsprecherin.

2 Vom Textentwurf zum Text

Wie wird das Wetter werden?

An einem kalten Wintertag:	*Im launigen April:*	*An einem heißen Sommertag:*
• Schneestürme	• bewölkt	• dunstig
• Eisregen	• Sonne scheinen	• warmer Wind
• starker Wind	• regnen	• heiß und schwül
• Glatteis	• warm und windstill	• Gewitter
• etwas Sonne	• leicht schneien	• mild und windstill
• starker Frost	• Schneefälle aufhören	• sternenklar

Wähle eine Wettervorhersage aus und sprich sie dir vor.

Schreibe deine Vorhersage auch auf.

Wettervorhersage für den ....

In der Früh ... . Am Vormittag ... .

Zu Mittag ... . Am Nachmittag ... .

Am Abend ... . In der Nacht ... .

werden • wird

sein • wehen • fallen • blasen • geben

3 Ideen für das Schreiben

Erfinde einen Zeitungsbericht über sechs Tage Schneefall und die Folgen, über Lawinen in den Bergen. ODER: Eine märchenhafte Schneelandschaft

Jetzt ist Fasching

1 Schaut euch die bunten Faschingskostüme genau an. Was erkennt ihr?

Beschreibe ein Kostüm genau, verrate aber seinen Namen nicht.
Deine Mitschülerinnen und Mitschüler sollen raten, welche Figur du meinst.

2 Lustige Telefongespräche

Der Astronaut telefoniert mit dem Ritter: Ich bin eben auf dem Mond gelandet. Hier … . Der Indianer telefoniert mit dem Rotkäppchen. …

3 Heute hex' ich

Ich hexe in der Nacht,
wenn keiner mehr wacht.
Da sag ich meinen Hexenspruch,
gleich wird aus einem Tuch ein Buch,
ein Wurm wird gar zu einem Turm.

Geschickt hex' ich nun weiter.
Aus einem Reiter wird eine Leiter,
aus Suppen werden Puppen.
Mein Häuschen sperr' ich nun bald zu.
Ich frage dich: Wie hext jetzt du?

Was gefällt euch an dem Gedicht?
Versucht das Gedicht wie eine Hexe zu sprechen. Und wer hext weiter?

4 Sätze bewusst sprechen und schreiben

Astronaut • Prinzessin • Clown • Ninja • Hexe • Elfe • Pirat • Cowboy • Monster • Ritter • Zauberer • Katze • Polizistin • Superheld • Drache • Feuerwehrmann

Schreibe einige Sätze auf.

Wir haben uns verkleidet

Im vorigen Jahr habe ich mich als … verkleidet.

Im vorigen Jahr hat sich … als … verkleidet.

LP Auffallende Merkmale von Gegenständen beschreiben; Gedichte nachgestaltend sprechen. Beobachtungen und Sachverhalte so darstellen, dass sie für andere verständlich werden; kreative Sprachmittel für Einsichten in die Wortbildung nutzen; literarische Angebote nutzen.

Wie neue Wörter entstehen

1 Wörter mit dem Baustein VER

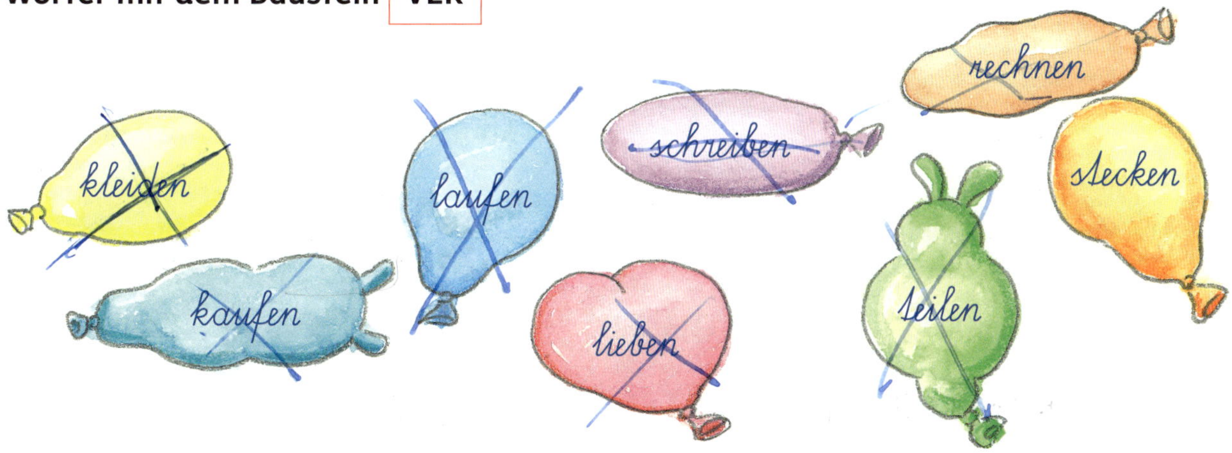

* Schreibe so: *kleiden – verkleiden, …*

** Der Wortbaustein VER hat sich vor das Zeitwort gestellt.
Es gibt sehr viele Wörter mit diesem Baustein.
Vielleicht kannst du im Österreichischen Wörterbuch nachschlagen, wie viele Seiten mit VER -Wörtern es dort gibt.

** 2 Wörter verändern durch ver

ver verändert den Sinn der Wörter.

schreiben

Tobias schreibt sehr schön.

Lea verschreibt sich manchmal.

rechnen

Anna … ganz genau.

Elias … sich oft.

teilen

Julia … die Torte.

Simon … die Hefte.

laufen

Dean … sehr schnell.

Sein Hund … sich manchmal.

*** 3 Eine lustige Wortbaumaschine

VER

Wortstamm
kleid • bind • teil • brenn • nehm • sperr • stell • geb • setz • bau • irr • stärk • zeih

Wortendung
en
ung

Schreibe alle Wörter, die du kennst, nach Wortarten getrennt auf.

Zeitwörter	**Namenwörter**
verkleiden	*die Verkleidung*

→ AH 34

LP Einblick in Wortbildung und Wortbedeutung; ver verändert die Bedeutung von Wörtern. BiSt Die Kinder kennen die Funktion der wichtigsten Wortarten; sie können einige bedeutungsunterscheidende und formverändernde Funktionen von Wortbausteinen verstehen.

Wörter mit x

★ 1

Praxis
Dr. Xaver Fax
Tierarzt

der Boxer Max

die Axt

das Taxi

die Hexe Alexa

eine Nachricht faxen

Schreibe alle Wörter, Wortgruppen und Sätze ab.
Alle x ziehe färbig nach.

der Mixer

★★ 2 **Sätze mit x-Wörtern können lustig sein**

Die He_x_e_ Ale_x_a_ braucht keinen Mi_x_e_r_.

Feli_x_ isst im Ta_x_i_ eine E_x_trawurst.

Ma_x_ mag keine langen Te_x_te lesen.

Feli_x_ fa_x_t_ Ma_x_ einen langen Te_x_t.

Fel_i_x_ und sein Freund Ma_x_ bo_x_en oft.

Ma_x_ will ein starker Bo_x_er werden.

★★ 3 **Wörtertreppen mit x-Wörtern bauen**

eine Hexe
eine kleine Hexe
eine kleine böse Hexe

böse	klein	kurz	alt
schnell	wichtig	groß	
modern	klar	neu	weiß

★ Schreibe die Wörtertreppe ab.

★★ Baue auch Treppen mit **Mixer**, **Taxi** und **Text**.

Lernwörter
die Axt
der Boxer
die Hexe
das Taxi
der Text

faxen
mixen

extra

★★ 4 ab

Auf einem Kinderfest

Alexa kam als Nixe. Felix und Max waren als Hexen verkleidet. Alexander erschien als Boxer. Roxane kam als Mexikanerin. Sie trug in der rechten Hand eine kurze Axt. Die Mütter mixten für alle Kinder extra kühle Getränke. Manche Kinder fuhren mit einem Taxi nach Hause. Anna schrieb darüber einen Text und faxte ihn an Leo.

→ AH 35

LP Wortschreibungen (Wörter mit x) festigen; Wörter in verschiedenen sprachlichen Zusammenhängen anwenden.
BiSt Die Kinder können beim Ab- und Aufschreiben orthografische Regelhaftigkeiten erfassen; sie entdecken Regelhaftigkeiten.

Faschingsfiguren beschreiben

1 Kinder im Fasching

Ninja
schwarze Kappe
enger Anzug
goldenen Stern

Zauberin
schwarzer Hut
langer Umhang
kleinen Zauberstab

Ein Bub verkleidete sich als Ninja.
Auf dem Kopf trug er eine sch________ K________.
Sein e________ A________ war schwarz.
In der Hand hielt er einen g________ St________.

Ein Mädchen … .

trug
hatte an
zog
hielt

Beschreibe die verkleideten Kinder.

2 Tolle Kostüme

Beschreibe diese Verkleidungen.
Du kannst den verkleideten Kindern auch Namen geben.

Katze
große Ohren
rote Stiefel
schwarze Streifen
weiße Maus

Astronaut
silbernen Helm
Antennen
grauen Anzug
Funkgerät

3 Zeichne eine **lustige Faschingsfigur**.

Beschreibe sie und gib deinem Text eine Überschrift.

→ AH 36

LP Vorgegebene Textteile ergänzen; über eine Faschingsfigur oder über einen Faschingszug schreiben.
BiSt Die Kinder können ihren Text verständlich und adressatengerecht schreiben; Texte in Hinblick auf sprachliche Gestaltung und Wirkung überprüfen.

Draußen ist es kalt, wir bleiben daheim

1 Stellt euch vor, ihr findet auf dem Dachboden einen alten Koffer.
* Was könnte in dem Koffer sein?
** Erfindet spannende Geschichten, wie er auf den Dachboden gelangt ist.

2 (**) **Was vermutet ihr?**

Ich glaube, in dem alten Koffer ist … . … , in dem alten Koffer sind … .
Ich nehme an, in dem Koffer befindet sich … .

3 (***) **Kennst du die Märchen?**

In welchem Märchen werden die Betten geschüttelt?
In welchem Märchen ist ein Apfelstück gefährlich?

Gebt euch solche Rätsel auf. Könnt ihr sie lösen?

4 (**) **Kathis Kiste**

Kostüme, Kekse, Knöpfe, Kleider
und noch vieles von der Liste,
alles kommt in Kathis Kiste.

Sprecht die **K** deutlich.

5 (**) **Ein gutes Ende**
Märchen haben meistens ein gutes Ende. Schreibe auf, wie Märchen enden können.

Wenn sie nicht gestorben sind, dann … sie noch heute.

Sprechen – hören – Sprache trainieren
LP Interessant und spannend erzählen; standardsprachliche Satzmuster üben und erweitern; Übungen zur Schulung der Artikulation (K).
BiSt Über Begebenheiten verständlich sowie thematisch zusammenhängend sprechen; Sprachkonventionen für unterschiedliche Sprechakte.

Verwandte Wörter untersuchen

1 ★ **Nach Wortfamilien ordnen**

Schlaf • ängstlich • Glück • mutig • Kraft • freundlich • Freund • glücklich • Mut • Angst • schläfrig • kräftig

Schreibe so: der Schlaf – schläfrig, …

Kreise den Wortstamm ein.

2 ★★ **Namenwort und Eigenschaftswort sind verwandt**

David hat keinen Durst, Lisa ist jetzt durstig.
Fabian hat viel Mut, Paul ist manchmal auch … .
Laura hat immer Hunger, Kira ist selten … .
Marie ist schläfrig, Simon braucht nicht viel … .
Tobias hat manchmal Angst, Anna ist weniger … .

Unterstreiche das Namenwort blau und das Eigenschaftswort grün.

3 ★★ **Mit den Wortbausteinen ig und lich Eigenschaftswörter bilden**

Fleiß • Kunst • Trotz • Land • Trauer • Ehre • Geiz • Liebe • Mut • Schmutz • Angst

Schreibe so:

der Fleiß – fleißig
die Kunst – künstlich
der Trotz – tro…
das Land – län…

4 ★★★ **Eigenschaftswörter mit isch**

der Regen – ein regnerischer Tag
der Erfinder – ein erf… Mensch
der Spott – ein spött… Lachen
das Quadrat – eine qua… Fläche

die Laune – ein lau… Wetter
der Typ – ein typ… Merkmal
die Kritik – ein krit… Bub
England – ein engl… Mädchen

Wörter mit ss

1 *Die Katze trinkt aus der Sch___ss___l.* *Wo ist der Schlü_______?*

Der Elefant hat einen R___ss_____. *Wer knackt die Nü______?*

Ava wohnt in einer G_______e. *Ich trinke W_______e___.*

Findest du alle Wörter mit ss?

★ Schreibe die Sätze auf.

2 Namenwörter mit ss

ss steht nur **nach kurzem Selbstlaut,** es zeigt die Kürze an.

Gasse • Me__er • Schlü__el • Ki__en •
Rü__el • Schü__el • Flo__e • Ta__e

Lies die Wörter deutlich und übe so: *die Gasse, die Gassen, Gas=se*

3 Genau hören – Wörter unterscheiden

kurz . Fass Fluss Nuss Schloss Schluss

lang _ Fuß Spaß Straße Gruß Süßigkeit

Sprich die Wörter und prüfe: Klingt der Selbstlaut kurz oder lang?

Male . oder _ unter den Selbstlaut.

Schreibe die Wörter in Einzahl und Mehrzahl auf.

ab **4**

Der alte Koffer

Auf dem Dachboden entdeckten Lara und Felix einen alten Koffer. Er hatte schon einige Risse. Mit großem Interesse öffneten die Kinder das Schloss mit einem goldenen Schlüssel. Felix griff nach einem Bild von einem großen Fluss. Dabei wäre fast eine zierliche Schüssel zerbrochen. Lara gefiel ein seidenes Kissen. Zum Schluss entdeckten die Kinder ein altes Foto. Da gibt der Opa der Oma einen Kuss.

Lernwörter

der Fluss
das Interesse
das Kissen
der Kuss
der Riss
das Schloss
der Schluss
der Schlüssel
die Schüssel

→ AH 38

LP Wörter akustisch durchgliedern; Wörter mit bezeichneter Vokalkürze üben.
BiSt Die Kinder können ihr erworbenes Regelwissen für normgerechtes Schreiben nutzen.

Texte gestalten

1 Verschiedene Satzanfänge

Ein Dachbodenfund

Jana … .
Sie … .
Dann … .
Nun … .
Später … .
Zufrieden … .
Da … .

entdeckte • alten Puppenwagen

schleppte ihn • Badezimmer

nahm altes Kissen heraus

reinigte • Wagen • gründlich

holte Decke und Polster

betrachtete

sprang hinein • gemütlich

★ Verwendet die Satzanfänge, um die Geschichte zu erzählen.

★★ Schreibe die Geschichte auf.

2 4-Sätze-Geschichten schreiben und ausbauen

Leiter
Fenster
Vorhang

Staubsauger
Steckdose
Teppich

Paul holte … .
Er stellte sie … .
Nachher stieg der Bub … .
Geschickt nahm … .

Anna holte … .
Sie schob den Stecker … .
Nachher schaltete das Mädchen … .
Geschickt saugte … .

★ Schreibe eine Geschichte vollständig auf.

★★ Wähle eine der beiden Geschichten.
Erweitere die kurze Geschichte so, dass man noch mehr über diese Arbeit weiß.

3 Schreibst du eine **eigene Geschichte über Tätigkeiten im Haushalt**?

Vielleicht erinnerst du dich, wie du einmal geholfen hast.

ODER: Erfinde einen Roboter, der viele Arbeiten im Haushalt übernimmt.
Du könntest deinen Text sachlich oder auch lustig gestalten.

LP Einzelbilder versprachlichen; Textteile ergänzen; über Tätigkeiten schreiben. **BiSt** Die Kinder können ihre Texte sachlich angemessen bzw. dem Handlungsablauf entsprechend strukturieren; bei der Wortwahl und der Formulierung von Sätzen bewusst sprachliche Gestaltungsmittel verwenden.

Unangenehme Vorfälle

Wir wissen zu helfen: Anna borgt bei Frau Meier den Föhn aus.
Lena holt der Mutter von der Nachbarin zwei Eier.

1 Stellt in **Rollenspielen** dar, wie die Mädchen ihre Aufträge ausführen.
Spielt: Wie die Mutter den Auftrag erteilt. Wie das Kind den Auftrag durchführt.
Was die Nachbarin sagt.

2 So kann ein höfliches Kind bei einem Auftrag sprechen:

- Entschuldigen Sie bitte die Störung.
- Meine Mutter lässt fragen, ob ... .
- Meine Mutter schickt mich. Sie ... .
- Könnten Sie uns ... ?

3 Was wir uns nicht wünschen

eine Lampe, die nicht brennt
einen Schlüssel, der nicht sperrt
eine Uhr, die nicht geht
eine Vase, die nicht steht
einen Ball, der nicht springt
eine Glocke, die nicht klingt

Euch fällt bestimmt noch mehr ein.

4 **Nein, danke!**

Ich brauche keinen Stift, der nicht ... .
Ich brauche keine Sch... ,
Ich brauche kein ...

Schreibe einige Sätze auf.

Stift • schreiben
Schere • schneiden
Rad • fahren
Kuchen • schmecken
Heizung • funktionieren
Boot • schwimmen

LP In Rollenspielen dargestellte Situationen sprachlich bewältigen; standardsprachliche Satzmuster üben und erweitern. **BiSt** Die Kinder verfügen über Sprachkonventionen für unterschiedliche Sprechakte; können Merkmale von Regionalsprache und Standardsprache unterscheiden.

Wie sich Wörter verändern

1 Lena <u>verletzte</u> sich leicht. Die <u>Verletzung</u> tat nicht sehr weh.
Paul war lange krank. Die Mutter pflegte ihn während der Krankheit.
Basima ist immer heiter. Ihre Heiterkeit macht allen Freude.

Unterstreiche die verwandten Wörter.

Schreibe die Sätze auf.

2 Mit dem Wortbaustein ung Wörter verändern

retten • wohnen • leiten • spülen • zeichnen • wandern • kleiden • hoffen • reinigen • sammeln

Schreibe so: *retten – die Rettung*
wohnen –

ung macht Wörter **groß**.

Was meint Hanna?

3 Aus Zeitwörtern werden Namenwörter

Julia <u>verbesserte</u> die Schulübung. Die <u>Verbesserung</u> war schwierig.
Patrick sammelt Briefmarken. Seine S... ist schon sehr groß.
Paul wanderte durch den Wald. Die W... war sehr anstrengend.
Anna zeichnet eine Katze. Ihre Z... gefällt allen Kindern.

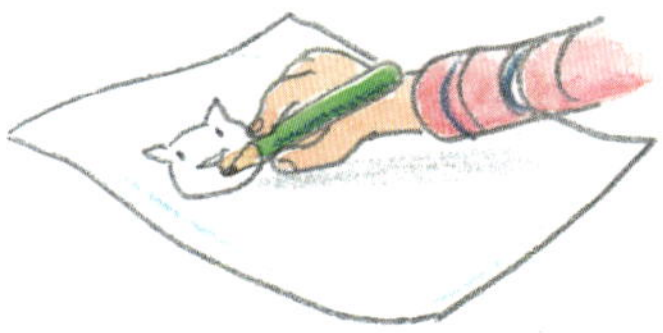

Schreibe die Sätze vollständig auf.
Unterstreiche die verwandten Wörter.

4 Auch der Wortbaustein heit kann Wörter verändern

krank • schön • dumm • faul • frech

krank – eine schwere Krankheit haben
schön – die Sch... eines Bildes bewundern
dumm – eine kleine ... begehen
frech – sich mit F... durchsetzen

krank

krank – **heit**

die Krankheit

An den Wortbausteinen ung und heit kann ich Namenwörter erkennen.

→ AH 39

LP Einblick in die Wortbildung gewinnen: mit Wortbausteinen (-ung, -heit) Wörter bilden. **BiSt** Einige bedeutungsunterscheidende und formverändernde Funktionen von Wortbausteinen verstehen; die Funktion von Formveränderungen in Wörtern und Sätzen erkennen.

Zeitwörter mit ss

riss goss floss

1 Drei schlimme Vorfälle

Der Sturm ______________ Ziegel vom Dach.
Aus den Wolken ______________ es in Strömen.
Schmutziges Wasser ______________ in den Kanal.

2 goss – floss – schloss

Ich goss die Blumen.
Meine Schwestern gossen die Beete.

Wasser floss in den Graben.
Abwässer ... in den Kanal.

Ich schloss das Tor.
Die Mädchen ... die Fenster.

Hunde bissen auf harte Knochen.
Lena ... in einen Apfel.

Arbeiter rissen eine Mauer ab.
Julia ... den Brief auf.

Buben schossen mit Pfeilen.
Paul ... den Ball ins Tor.

Schreibe die Sätze vollständig auf.
Unterstreiche die Zeitwörter mit **ss**.

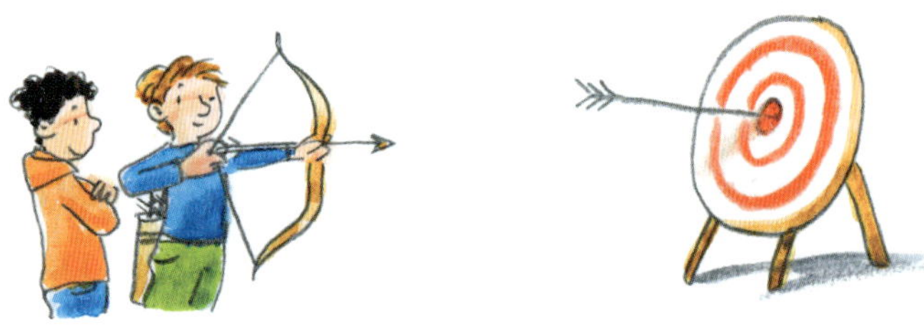

3 Was ist da los?

beißen • reißen • fließen • gießen • schießen • schließen

Schreibe so: *Der Hund sollte nicht beißen, aber er biss.*

Erfinde 6 Sätze. Sprecht über die starken Veränderungen an den Zeitwörtern.

4

Missgeschick mit ss

Es goss in Strömen.
Viel Wasser floss in den Keller.
Der Sturm riss gewaltsam ein Fenster auf.
Irina schloss es mit großer Mühe.
Florian schoss mit dem Ball zu weit und traf ein Fenster.
Da biss er sich in die Lippe.

Lernwörter

biss
floss
goss
riss
schloss
schoss

LP Wörter mit zunehmender Sprachbewusstheit schreiben; Wörter mit bezeichneter Vokalkürze (ss) üben. **BiSt** Erworbenes Regelwissen für normgerechtes Schreiben nutzen, Regelhaftigkeiten der Rechtschreibung entdecken, sie kommentieren und verbalisieren können.

Auf die richtige Reihenfolge achten

1 *Ein Missgeschick*

- [ ] *Lukas spielte mit Freunden Fußball.*
- [ ] *Geschickt kletterte der Bub auf den Baum.*
- [ ] *Lukas rief: „Den hole ich gleich herunter!"*
- [ ] *Ritsch! Die Hose war zerrissen.*
- [ ] *Er stieß den Ball mit der Hand hinunter.*
- [ ] *Plötzlich landete der Ball auf einem Baum.*
- [ ] *Rasch schwang sich Lukas vom Baum.*
- [ ] *Da blieb er an einem Ast hängen.*

Ordne die Sätze in der richtigen Reihenfolge.

Schreibe die Geschichte auf.

2 Eine Geschichte mit Erzählkarten schreiben

neue Hose – Pause Schulhof – Bank – Milch – spürte etwas Spitzes – sprang auf – zerrissen – rostiger Nagel – ?

Schreibe zu jeder Karte einen Satz.
Achte darauf, dass die Sätze eine zusammenhängende Geschichte bilden.

Dort … . Nun … . Da … . Plötzlich … . Schnell … .

3 Zwei Geschichten über ein Missgeschick

- Sammelt zu zweit Stichwörter für eigene Geschichten.
- Danach erzählt dem anderen Kind die ganze Geschichte.
- Schreibt jetzt beide die Geschichte.
- Dann liest jedes Kind die Geschichte des anderen.
- Sprecht zum Schluss darüber; ihr könnt die Texte noch verändern.

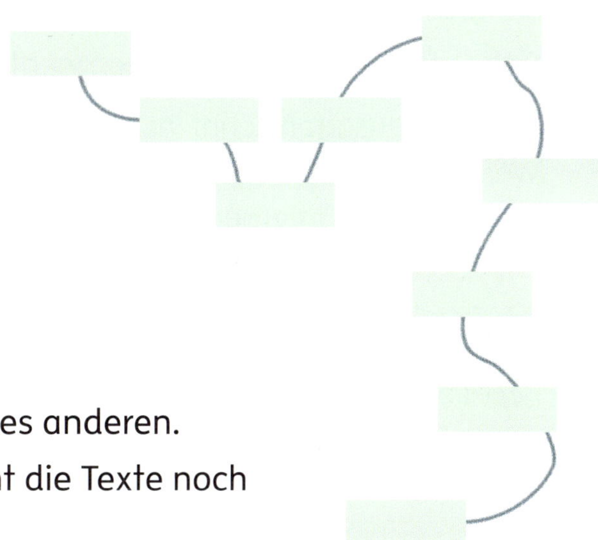

→ AH 40, 41

LP Vorgegebene Textteile ordnen; eigene Erlebnisse aufschreiben. **BiSt** Die Kinder können sich sprachliche und gestalterische Mittel überlegen und notieren; ihre Texte sachlich angemessen bzw. dem Handlungsablauf entsprechend strukturieren.

In unserer Heimat – einst und jetzt

★ 1 Wir forschen und sammeln

★ Sammelt Bilder und Gegenstände, die von früheren Zeiten erzählen.
Informiert euch in Büchern. Erkundigt euch bei älteren Menschen.

★★★ Bereitet einen kurzen Vortrag vor. Notiert dabei Stichwörter und Ideen.
Sprecht so, dass alles gut verstanden werden kann.

★★ 2 Fragen an ältere Menschen

Als du jung warst, gab es da schon … ?

Als Sie jung waren, gab es da schon … ?

Fragt und antwortet in kurzen Rollenspielen.

Farbfernseher • Computer • Handys • Raumschiffe • Radios • Telefone • …

★★ 3 Findet ihr in eurem Ort etwas, das von früher erzählt?

Versucht mehr darüber zu erfahren.

★★★ 4 Alte Redensarten

Für dich lege ich die Hand ins Feuer.

Er hat sich aus dem Staub gemacht. Mir geht ein Licht auf.

Diese Redensarten könnt ihr vielleicht selbst erklären.
Wer findet heraus, was dahintersteckt? Etwa durch Befragen, Nachschlagen, Internetsuche …

★★ 5 Vergangene Zeiten

Als Oma jung war, gab es noch keine …

Als Oma jung war, gab es schon …

Fahrradhelme • Elektroautos • Schokoriegel • Rasenroboter • Airbags • …

Schreibe einige Sätze auf. Du kannst auch die Wörter aus Übung 2 verwenden.

Sprechen – hören – Sprache trainieren

LP Tiergeschichten und ausgedachte Geschichten erzählen; auffallende Merkmale von Tieren beschreiben; Übungen zur Schulung der Artikulation.
BiSt Die Kinder können Informationen über Lebewesen einholen; sie können Sachinformationen an andere weitergeben.

Sätze bauen und umstellen

1

Ich wohne in Graz.

Habt ihr das Spiel gewonnen?

Bei uns fahren viele Autos.

Hier stehen **Sätze**.

rote Autos

eine neue Puppe

ich brauche

Das sind **Wortgruppen**.

2 Sätze und Wortgruppen unterscheiden

Julia spielt Ball	Fabian hat	Lena liest im Bett
komm sofort her	große Häuser	Nina und Michi raufen
plötzlich begann es zu	kommst du mit	Alexander braucht

- Unterstreiche alle Sätze rot und die Wortgruppen blau.
- Schreibe die Sätze auf und setze die richtigen **Satzzeichen**.
- Vervollständige die Wortgruppen zu sinnvollen Sätzen.

3

Amir	trinkt	täglich	Milch

Eine Kette hängt zusammen. Sie besteht aus Gliedern. Ein **Satz** besteht aus **Satzgliedern**.

Schreibe den Satz auf einen Papierstreifen, dann schneide die Satzglieder aus. Nachher stelle die Satzglieder so um:

Amir	trinkt	täglich	Milch
Täglich	trinkt	A	
Milch		A	

Teile eines Satzes, die man umstellen kann, nennt man Satzglieder.

4 Stelle auch diese Sätze um und schreibe sie auf.

Anna	spielt	gern	Klavier

Paul	isst	oft	Spinat

Julia liest manchmal Märchen.

Simon fährt geschickt Rad.

LP Der Satz als Sinneinheit; Satzglieder als umstellbare Elemente erkennen.
BiSt Die Kinder können Satzglieder unterscheiden.

Wörter mit Doppelmitlaut tt

1 Wörter mit tt finden, deutlich sprechen, dann schreiben

Bla____ gla____ bi____en Ke____e schü____en

zi____ern re____en bi____er ne____ Fu____er

sa____ Ze____el We____er fe____ fla____ern

Setze tt ein und lies die Wörter.
Male unter jeden kurzen Selbstlaut einen Punkt.

tt steht nach **kurzem Selbstlaut.**

2 Wortgruppen mit tt

eine lange K_tt_ bilden, auf einem Z_tt__ schreiben,
in einem warmen B_tt schlafen, schlechtes W_tt__ haben,
den Freund um etwas b_tt_n, einen Bergsteiger r_tt__,
vor Kälte z_tt___, den Hund f_tt___, eine f_tt_ Suppe,
eine g__tt_ Fahrbahn, ein b_tt____ Tee

3 Ordne die Wörter von **1** in drei Gruppen.
Innerhalb jeder Gruppe ordne sie nach dem ABC.

Namenwörter	**Zeitwörter**	**Eigenschaftswörter**
das Blatt	bitten	bitter

4

Gewitter im Winter

Das gemeinsame Abendessen war nett. Alle waren satt.
Auch der Hund hatte sein Futter bekommen.
Plötzlich begann er an seiner Kette zu zerren.
Nicht viel später blitzte es, gleich darauf folgte der
Donner. Und schon begann es zu schütten.
Starker Sturm rüttelte am Gitter eines Fensters.
Die Katze rettete sich mit einem Sprung ins Haus.
Das Gewitter dauerte aber nicht lang.

Lernwörter

der Donner
das Futter
das Gewitter
das Gitter
die Kette

retten
rütteln
schütten

nett
satt

→ AH 42

LP Wörter mit bezeichneter Vokalkürze („tt") üben; den erarbeiteten Wortschatz in verschiedenen sprachlichen Zusammenhängen anwenden.
BiSt Erworbenes Sprach- und Regelwissen für normgerechtes Schreiben nutzen; das Mitsprechen beim Schreiben bewusst einsetzen.

Einen Weg beschreiben

1 Von hier nach dort
Stellt euch vor, ihr seid in dieser kleinen Stadt. Beschreibt Lena den Weg **vom Kino zum Markt**. Ihr findet sicher verschiedene Wege. Diese Wörter helfen euch:

geradeaus • links • rechts • entlang • biege rechts ab • biege links ab • überquere

Lena

2 Eine Wegbeschreibung
Onkel Joe möchte vom Sportzentrum zum Krankenhaus. Beschreibe ihm den Weg.

rechts • links • von ... bis • geradeaus • entlang • überquere

Überquere die Hauptstraße auf dem Zebrastreifen.
Gehe ________ *der Schule* ________ *zur*
Gartengasse. Biege dort ______________ *ab.*
Gehe die Gartengasse ______________ .
Biege bei der Post nach ______________ *in die Wiener Straße ein.*
*Nach dem Kino ü*______________ *die Spitalgasse.*
Dann siehst du das Krankenhaus ______________ *vor dir.*

3 Wo ist die Bücherei?
Tante Irmi möchte vom Markt zur Bücherei. Beschreibe ihr den Weg. Verwende ähnliche Sätze wie in 2.

4 Wohin möchte der kleine Hund? In den Park? Oder zum Fleischhauer? Beschreibe den Weg oder **überlege dir selbst einen Weg** durch diese Stadt.

→ AH 43

LP Texte verfassen, um andere zu informieren durch Beschreibung und Anleitung. **BiSt** Die Kinder können Texte verfassen, um zu informieren; bei der Wortwahl und Formulierung von Sätzen bewusst sprachliche Gestaltungsmittel verwenden.

Kinder in Stadt und Land

1 Wer kennt die **Regeln** der beiden Spiele? Teile sie der Klasse mit.

2 Erzählt von euren Spielen. Wo? Womit? Mit wem?
Berichtet von Spielverderbern, die sich nicht an Regeln halten.

3 Auch in euren Klassengesprächen sollt ihr euch an Regeln halten.
Überlegt, welche Regeln für die Gespräche in eurer Klasse wichtig sind.
Schreibt gemeinsam eine Gesprächsordnung auf.

- zuhören
- ausreden lassen
- Zeichen vereinbaren
- nicht auslachen
- nachfragen

Unsere Gesprächsordnung
1. Wir hören einander zu.
2. …
3. …

Wir halten Gesprächsregeln ein.

4 **Mit Sprache spielen**

Bederfall • Taffeekasse • Bandhall • Rahrfad • Bandsurg • Kahrfarte • Wadebanne • Kaubasten • Bußfall • ...

Lies die Wörter laut. Was ist denn da verkehrt? Findet ihr die Regel?

5 **Dringender Rat an alle Spielerinnen und Spieler**

Wenn du Fußball spielst,
musst du Regeln einhalten.
Wenn du … spielst, … .

Schreibe einige Sätze auf.

Fußball • Handball • Volleyball • Merkball • Tischtennis • Verstecken • Versteinern • Fangen • Gummihüpfen

→ AH 44
LP Einfache Sachverhalte (Spielregeln) anderen mitteilen; Erweitern der Gesprächsregeln und Gesprächstechniken. **BiSt** An Gesprächsregeln halten; Formen von Wörtern und Sätzen standardsprachlich korrekt verwenden; kreative Sprachmittel für Einsichten in die Wortbildung nutzen.

Von Sätzen und Satzgliedern

★ 1 Einen Satz umbauen

Jakob | spielt | täglich | Fußball.

jeden Tag | spielt | der Bub | mit dem Ball.

mit dem Ball | spielt | der Bub | täglich.

spielt | Jakob | jeden Tag | Fußball?

Stellt den Satz dreimal um. Erkennt ihr, wie sich der Sinn verändert?

★★ 2 Satzglieder untersuchen

Zählt die Anzahl der Wörter der einzelnen Satzglieder.
Was stellt ihr fest?

Jakob	spielt	täglich	Fußball
Der Bub	spielt	jeden Tag	mit dem Ball

★ 3 Satzglieder umstellen

Lena | spielt | am Nachmittag | mit der Puppe

★ Kennzeichne alle Satzglieder mit einem Rahmen.

★ Schreibe den Satz auf und kreise die Satzglieder ein.
Dann stelle den Satz zweimal um.

★★ Untersuche die Satzglieder nach der Wortanzahl.
Schreibe die Anzahl über jedes Satzglied.

Ein Satzglied kann aus einem Wort oder aus mehreren Wörtern bestehen.

★★★ 4 Sätze bauen und umbauen

mit der Bahn | der Bruder | fährt

die Kirche | am Hauptplatz | steht

der Kirschbaum im Garten blüht

der Bus vor der Schule hält

Bilde vier richtige Sätze und stelle jeden Satz zweimal um.
Denke auch an die Satzzeichen.

LP Der Satz als Sinneinheit: unrichtige Sätze richtigstellen; Satzglieder als umstellbare Elemente erkennen.
BiSt Die Kinder erkennen die Funktion von Formveränderungen in Sätzen; sie können Satzglieder unterscheiden.

Merkwörter mit ä

★ **1 Wörter, die wir immer mit ä schreiben**

Käfig • Käfer • Käse • Stängel • Mädchen • Bär • Träne • Säge • Gämse

Schreibe die Wörter in Einzahl und Mehrzahl auf.

So: *der Käfig – die Käfige, … – die Käse*

★ **2 Wortgruppen trainieren**

einen K___fig reinigen	*einen St___ngel brechen*	*eine G___mse erblicken*
einen K___fer beobachten	*den B___ren sehen*	*den M___rz genießen*
K___se essen	*ein M___dchen grüßen*	
einige Tr___nen weinen	*eine S___ge brauchen*	

Setze die fehlenden **ä** ein und lies die Wortgruppen.
Schreibe die Wortgruppen auf und kennzeichne die **ä**.

★★★ **3 Für Sprachentdecker**

Sprecht darüber, was ihr entdeckt.
Besprecht die Unterschiede.
Verwendet dabei die Fachbegriffe Selbstlaut, Umlaut, … .

Dialekt	Schulsprache
Gams • Kas • Sagl • Madl • zach • gach	… • Säge • … • zäh • jäh

★★ **4**

Ein Bär im Wald

Es war ganz ruhig im Wald. Ein Käfer krabbelte von einem Stängel auf ein Blatt. Geschickt kletterte eine Gämse die steilen Felsen hinauf. Ein fleißiger Bauer reinigte gerade seine Säge. Während der Arbeit sang er ein trauriges Lied über eine Träne. Da trottete auf einmal ein dunkelbrauner Bär daher. Ein kleiner Bub staunte: „Einen Bären habe ich bis heute nur in einem Käfig gesehen."

Lernwörter

der Bär
die Gämse
der Käfer
der Käfig
die Säge
der Stängel
die Träne

während

→ AH 45

LP Erarbeitung und Sicherung eines begrenzten Wortschatzes. **BiSt** Einen begrenzten Schreibwortschatz in Sätzen und Texten normgerecht anwenden; Merkmale von Regionalsprache und Standardsprache unterscheiden; Sachinformationen weitergeben und Fachbegriffe verwenden.

Geschichten überprüfen und überarbeiten

1 Diese Sätze beginnen immer mit Ich.

Die Kugelbahn	Gut gelungen!
Ich eilte in den Park.	Am Nachmittag …
Ich sprang in die Sandkiste.	Dort …
Ich begann eine Kugelbahn zu bauen.	Gleich …
Ich errichtete einen Sandhügel.	Zuerst …
Ich festigte den Sand mit Wasser.	Mit Wasser …
Ich drückte Rillen in den Sand.	Danach …
Die Kugelbahn war schön.	Jetzt freute ich …

Vervollständige diese Sätze.

2 **In der Früh**

Ich *kroch* in der Früh langsam aus dem Bett.
Ich *ging* halb schlafend zum Waschbecken.
Ich *wusch* mir schnell mit Wasser das Gesicht.
Ich *schlüpfte* in meine Kleider und Schuhe.
Ich *trank* hastig meinen Tee und *verschlang* ein Wurstbrot.
Ich *packte* die Schultasche und *rannte* in die Schule.

wusch • trank • ging • kroch • verschlang • packte • rannte • schlüpfte

Setze die fehlenden Zeitwörter ein und lies die Geschichte.
Hast du es bemerkt? Alle Sätze beginnen mit **Ich …** .

Schreibe die Geschichte mit passenden Satzanfängen auf.
Du kannst die Sätze auch umstellen.

Langsam kroch ich in … . Danach …

3 Lass dir eine eigene Geschichte einfallen.

Ich habe verschlafen • In der Pause • Am Nachmittag im Garten • Im Schulhof • Ein lustiger Abend • Auf dem Spielplatz

Nicht vergessen: Was du geschrieben hast, sollst du anderen vorlesen.

LP Möglichkeiten des Textaufbaus finden (Satzanfänge); Textteile ergänzen; eigene Erlebnisse aufschreiben. **BiSt** Bei der Wortwahl bewusst sprachliche Gestaltungsmittel verwenden; Texte im Hinblick auf Aufbau, sprachliche Gestaltung und Wirkung überprüfen und überarbeiten.

Verschiedene Mahlzeiten

1 Wo essen wir am Sonntag?

★ Wo esst ihr lieber? Begründet eure Meinung.

★★ Sammelt Gründe für einen der beiden Vorschläge.
Sprecht über die Vorschläge und beurteilt sie.

★★★ Spielt ein Gespräch zwischen Mutter und Vater am Samstagabend.

★★ 2 Geschichten vom Essen erzählen

- Ein Missgeschick beim Essen
- Ich habe gekocht

Erzähle so, dass es alle Kinder verstehen und miterleben können.

★★★ 3 Hunger in der Welt

Über dieses ernste Thema könnt ihr in einem Gesprächskreis sprechen.

★★ 4 Deutlich sprechen

Tom teilt die teure Torte mit Tante Trude.

Sprich so, dass man das T deutlich hört. Du darfst auch übertreiben.

★★ 5 Meine Entscheidung

Ich esse lieber Nudeln als Reis.
Ich trinke lieber …
…

Du kannst auch andere Speisen und Getränke in deinen Sätzen verwenden.

Nudeln oder Reis • Erbsen oder Mais • Apfelsaft oder Orangensaft • Äpfel oder Birnen • Tee oder Kakao • Fleisch oder Fisch • Wurst oder Käse • Wasser oder Limonade

LP In Rollenspielen dargestellte Situationen sprachlich bewältigen; durch Erzählen andere unterhalten; Kreisgespräche zu Problembereichen führen.
BiSt Erlebnisse zuhörerbezogen erzählen; Gesprächsbeiträge aufnehmen und sie weiterführen; in Konflikten gemeinsam nach Lösungen suchen.

Aussagen, fragen, auffordern

1 Sätze?

Sophie in isst Küche Nudelsuppe eine der

in Julian der trinkt Wasser Glas ein Pause

auf Herd dem Julia eine kocht Eierspeise

Ordne die Wörter zu sinnvollen **Aussagesätzen**. Schreibe sie auf.

Am Ende eines **Aussagesatzes** steht ein **Punkt**.

2 Fragen an Kinder

David, isst du gern Spinat?
Paul, magst du ... ?

Sarah, trinkst du oft Milch?
Leonie, schmeckt dir ... ?

Äpfel | Fruchtsaft | Kakao | Suppe | Wasser | Spagetti | Wurst

Schreibe einige Fragesätze.

Am Ende eines **Fragesatzes** steht ein **Fragezeichen**.

3 Ermahnen und auffordern

gerade sitzen • das Messer nicht zum Mund nehmen • nicht schlürfen • nicht mit vollem Mund sprechen • pünktlich zum Essen kommen

Schreibe so:

Ich habe dir schon so oft gesagt: „Sprich nicht mit vollem Mund!“

Am Ende eines **Aufforderungssatzes** kann ein **Rufzeichen** stehen, wenn die Aufforderung betont werden soll.

4 Für Sprachentdecker
Sprich die Sätze so, dass du erkennst, welches Satzzeichen du setzen musst.

Wort und Satz betrachten

→ AH 46

LP Unsinnige Sätze richtigstellen; Satzarten unterscheiden; die entsprechenden Satzschlusszeichen anwenden.
BiSt Die Kinder kennen die Funktion der wichtigsten Satzarten und können für diese Fachbezeichnungen verwenden.

Kurzer Selbstlaut – langer Selbstlaut

1 Namenwörter zusammensetzen

Wurst • Marmelade • Butter • Honig • Aufstrich • Käse • Schnittlauch • Hummus

Brote

Welche Brote kannst du mit diesen Zutaten machen?

Schreibe so: *Wurst Brote → Wurstbrote essen*

2 Lieblingsbrote

Simon isst am liebsten Honigbrote.

Lara isst am liebsten ... Ich esse am liebsten ...

Schreibe einige Sätze. Kennzeichne den kurzen Selbstlaut bei **i**sst und **e**sse.

3 Gestern aß ich ...

Fragt die Kinder eurer Klasse, was es gestern zu essen gab.
Achtet dabei auf das lang gesprochene **a** bei **a**ß.

Erzählt so: Gestern **a**ß ich zu Mittag Knödel mit Ei.

4 Was die Leute früher aßen

oft	manchmal	nie
Eintopf • Kartoffeln • Erbsensuppe • Sauerkraut	Kuchen • Fleisch • Kandiszucker	Schokoriegel • Bananen • Pizza

Schreibe so: *Früher aßen die Leute oft ... .*

5

Vom Essen

Viele Kinder essen gern Knödel. Nicht alle mögen Spinat. Julia isst sehr gern Suppe, Fleisch und Gemüse. Herr Moser aß früher gern Salamibrote. Die sind ihm jetzt zu fett. Nun gibt er Honig auf seine Brote. Hamit streicht sich oft Marmelade auf eine Semmel. Das schmeckt ihm.

Lernwörter

das Fleisch
das Gemüse
der Honig
der Knödel
die Marmelade
der Spinat
isst • aß
schmecken
fett

Rechtschreiben

LP Wörter mit zunehmender Sprachbewusstheit schreiben (Bezeichnung der Vokalkürze und Vokallänge). **BiSt** Regelhaftigkeiten der Rechtschreibung entdecken, verbalisieren bzw. kommentieren; das Zusammensetzen von Wörtern als Möglichkeit der Wortbildung erkennen.

Geschichten rund ums Essen

1 Herr Meier, sein Hund Karo und der Kellner

betraten • setzten sich / nahmen an einem Tisch Platz • Kellner kam / erschien • zeigte / bot die Speisekarte an • bestellte • band Serviette um • brachte / servierte • aß / verschlang / ließ es sich gut schmecken

Erzählt die Geschichte von diesem seltsamen Gasthausbesuch.

2 Ein hundefreundliches Gasthaus

Schreibe die Geschichte so auf, **wie der nette Kellner sie erzählen würde**.

Am Abend betraten Herr Meier und sein Hund das Gasthaus.

Sie nahmen an einem …

Sofort zeigte ich …

Sie bestellten …

Herr Meier band …

…

Du kannst die Geschichte auch so aufschreiben, wie Herr Meier sie erlebt hat.

Am Abend betrat ich mit meinem Hund Karo das Gasthaus.
Wir setzten uns an einen ...

Oder du schreibst die Geschichte so, wie Karo sie erzählen würde.

Am Abend betrat ich mit meinem Herrchen das Gasthaus. Wir ...

3 Vielleicht erzählst oder erfindest du eine lustige **Gasthausgeschichte**.

LP Einfache Geschichten zu vorgegebenen Bildfolgen und Textteilen aufschreiben. **BiSt** Die Kinder können Texte in unterschiedlichen Formen verfassen, um zu erzählen und zu unterhalten; bei der Wortwahl und der Formulierung von Sätzen bewusst sprachliche Gestaltungsmittel verwenden.

Unsere Kleidung

1 Julia ist mit ihrer Mutter im Kaufhaus. Sie soll einen warmen Pullover und eine Hose bekommen. Da sieht Julia ihr Traumkleid. Was soll sie sagen?

Wie sollte sie sich verhalten? Was meint ihr?

2 Stellt in **Rollenspielen** das Gespräch Mutter – Julia dar.

3 Überlegt gemeinsam, wie es weitergehen könnte.

Wir setzen uns mit **Vorschlägen und Meinungen** gründlich auseinander.

4 **Wir spielen Wörter**

Versucht diese Wörter durch Bewegungen darzustellen.
Was entdeckt ihr über die Bedeutung der Wörter?

anziehen • aufsetzen • sich einhüllen • hineinschlüpfen • überziehen • umbinden • umhängen • anhaben

5 **Kleidung richtig verwenden**

Hüte • Ponchos • Schuhe • Socken • Schals • Jacken • Mäntel • Hauben • Stiefel • Hosen • Kleider • Pullover • Krawatten

Wähle einige Kleidungsstücke aus und schreibe auf, wie sie verwendet werden.
Verwende auch die Wörter aus 4.

Hüte kann man aufsetzen. In Ponchos kann man sich einh... .

Sprechen – hören – Sprache trainieren

LP Handlungssituationen sprachlich bewältigen; Wortschatz differenzieren: Wörter spielerisch darstellen. **BiSt** Situationen richtig einschätzen und sprachlich angemessen reagieren; sich an Gesprächsregeln halten, anderen respektvoll zuhören und sich fair mit deren Meinungen auseinandersetzen.

Wortbausteine für Zeitwörter

1 Wörter zusammensetzen

an · um · auf · aus

ziehen · hängen · setzen · binden

Welche Wortbausteine kannst du mit einem Zeitwort zusammensetzen?

Bilde viele Wörter und schreibe sie so auf: *an ziehen → anziehen*

2 Vom Wort über die Wortgruppe zum Satz

anziehen – ein buntes Kleid anziehen

Julia zieht ein buntes Kleid an.

anziehen  *zieht an*

aufhängen – einen feuchten Mantel aufhängen

Tobias hängt … .

 aufsetzen
Lena …

 umbinden
Alex …

 ausziehen
Laura …

3 Im Wörterbuch nachschlagen

ausziehen • einhüllen • aufsetzen • hineinschlüpfen • überziehen • umbinden • umhängen • anhaben

Übe so: *ausziehen:* *aus* S.____ *ziehen* S.____

einhüllen: *ein* S.____ *hüllen* S.____

aufsetzen: …

Oft sind Wörter zusammengesetzt. Dann musst du jedes einzeln nachschlagen.

4 Viele Zeitwörter bauen

an · auf · ver · er · be · ab · vor

setz · häng · bind · zieh

en

Es gibt nur wenige Wörter mit ieh

Blu	Schu	So	Kap	Ho	Strümp	Stie	Hem
sen	sen	he	cken	pen	den	fe	fel

1 Was Kinder anziehen

Kinder **ieh**en → Kinder ziehen manchmal ... an.
Buben **ieh** gern ... an.
Mädchen z___en oft ... an.

Fatima zieht manchmal ... an.
Julian **ieh** gern ... an.
Ich z___e oft ... an.

Schreibe die Sätze vollständig auf. Ziehe **ieh** färbig nach, dann lies das Wort deutlich.

2 Im Kaufhaus

hellbraun • dunkelblau • knallrot • zitronengelb • grasgrün • himmelblau

Schal • Kleid • Pullover • Hose • Bluse • Kappe

Jana sieht ein dunkelblaues Kleid.
Sie _**ieh**_ auch ... .
Das Mädchen s___t noch ... .

sieht

Paul sieht eine hellbraune Hose.
Er _**ieh**_ auch ... .
Der Bub s___t noch ... .

Schreibe die Sätze vollständig auf.

3 Ich kann ieh begründen

Schreibe so: *Bei zieht steht wegen zie=hen nach* ie *das* h.

zie hen   flie hen   wie hern

4

Ein Einkauf mit den Großeltern

Lisa und Felix begleiten ihre Großeltern ins Kaufhaus. Schon beim Eingang sieht Oma eine weiße Bluse. Sie braucht aber dunkle Strümpfe. Opa kauft ein Paar warme Socken und ein blaues Hemd. Später probiert er noch einige Schuhe und Stiefel. Felix setzt übermütig eine helle Kappe auf. Neugierig zieht Lisa eine dünne Jacke an. Zum Schluss bekommt jedes Kind ein T-Shirt.

Lernwörter

die Bluse
das Hemd
die Kappe
der Schuh
der Stiefel
der Strumpf
anziehen
aufsetzen
sieht – sehen
noch

LP In verschiedenen Wörtern gleiche Schreibungen feststellen (-ieh-); diese Wortschreibungen festigen. **BiSt** Die Kinder können beim Ab- und Aufschreiben orthografische Regelhaftigkeiten erfassen; für das richtige Schreiben von Wörtern die Möglichkeit des Ableitens und Verlängerns nutzen.

Texte gestalten: Wörtliche Rede

1 Kurze Gespräche

Setze die richtigen Redezeichen ein.

Redezeichen

______: „~~~~~.“

______: „~~~~~!“

______: „~~~~~?“

Emma fragte Wie viel kostet dieser rote Schal
Die Verkäuferin antwortete Er kostet 13 Euro
Emma rief erfreut Ich nehme ihn

Eine Marktfrau rief Billige Mützen, warme Handschuhe
Herr Klein erkundigte sich Wie viel kosten die Handschuhe
Die Marktfrau meinte Die kosten nur acht Euro

* Schreibe die Gespräche richtig auf. Ziehe die Redezeichen rot nach.

2 Mama ist die Beste

Elsa war mit ihrer Mama einkaufen
Da entdeckte das Mädchen ein schönes T-Shirt
Gleich rief sie Mama schau, dieses T-Shirt ist toll
Ihre Mutter fragte Wie viel ...
Eine Verkäuferin antwortete Es kostet ...
Elsa bettelte Kaufst du mir ...
Die Mutter lachte Na gut
Die Verkäuferin meinte Ich packe ...
Elsa dachte Ich habe die beste M...
Und zu ihrer Mutter sagte sie ...

Schreibe diese Geschichte vollständig auf.

3 Zu zweit schreiben

Fabians Jacke war dem Buben zu klein geworden.
Er ging mit seinem Vater in ein Kaufhaus.
Fabian rief: „Diese schwarze Jacke gefällt mir!“ ...

Wie könnte die Geschichte weitergehen?
Schreibt zu zweit und gebt eurer Geschichte eine Überschrift.

4

Denke dir eine Situation in einem Kaufhaus aus. Schreibe darüber.
ODER: Ein Kleidungsstück passt mir nicht mehr!

→ AH 48

LP Vorgegebene Textteile ergänzen; Dialoge aufschreiben. **BiSt** Die Kinder können Texte in unterschiedlichen Formen verfassen, um zu erzählen und zu unterhalten; einfache Texte im Hinblick auf Rechtschreibung berichtigen.

Umweltdetektive

1 Sprecht über diese Bilder.
Versucht auszudrücken, was euch die Bilder sagen.

2 Sammelt Berichte über **Umweltverschmutzung**.
Besprecht in Gruppen, was alles geschehen kann, wenn viele Menschen unsere Erde verschmutzen. Teilt der Klasse eure Ergebnisse so mit, dass es alle gut verstehen können.

3 **Deutlich sprechen – richtig schreiben**

Fluss – aber fließen
Guss – aber gießen
Schuss – aber schießen

Riss – aber reißen
Biss – aber beißen

Erkläre: **u** spreche ich kurz, daher schreibe ich **ss**.
ie spreche ich lang, daher … .
ei gilt als lang, … .

4 **Was wir uns nicht wünschen**

Wasser • Wiesen • Bach • Fluss • See • Strom • Wälder • Teich • Meer

Wasser, das ungenießbar ist.
Ein Meer, das … .
Einen …, der … .

ungenießbar • giftig • ölig • schmutzig • trüb • unrein • verschmutzt • unsauber • schmierig • …

Schreibe auch einige Sätze auf.

Ich möchte nicht, dass unser Wasser ungenießbar ist.
Ich möchte nicht, dass die Wälder ver…

Den Wortstamm erkennen

1 Drei Wortfamilien in einem Haus

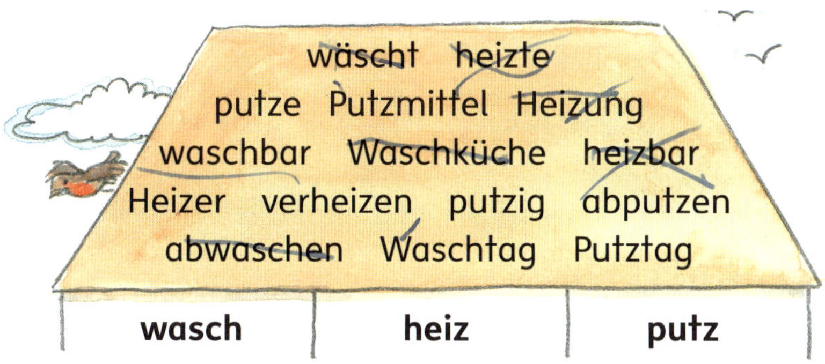

Jede Wortfamilie hat einen Wortstamm.
(wasch) (heiz) (putz)

Kreise in jedem Wort den Wortstamm ein.

Wortfamilie <u>waschen</u>: *wäscht, die Wasch…*
Wortfamilie <u>heizen</u>: …
Wortfamilie <u>putzen</u>: …

2 Spaß mit der Sprache

Vier Wörter einer Wortfamilie in einem Satz verwenden: Versuche es.

Die <u>Bäck</u>erin <u>bäck</u>t in der <u>Back</u>stube süße <u>Bäck</u>ereien.

Radfahrer – fährt – Fahrrad – Fahrbahn
Köchin – Kochlöffel – kocht – Kochsalat
Heizer – Heizkessel – Heizraum – heizt

Unterstreiche den Wortstamm färbig.

3 Nach Wortarten ordnen

Trage passende Wörter in die Tabelle ein.

Namenwort	Zeitwort	Eigenschaftswort
Fluss		
		zählbar
	erkranken	
Sauberkeit		
		tragbar
Genuss		
		bissig

Wörter mit tz

1 ★

schmutzig **der Schmutz**

schmutzige Straßen • ein schmu__iger Fluss • ein schmu__iges Hemd • die verschmu__te Luft • das verschmu__te Meer • schmu__ige Autos • schmu__ige Hände • schmu__ige Kleider

Schreibe diese Wortgruppen auf und ziehe tz färbig nach.

2 ★★ **Das passende Zeitwort finden**

der Schutz • die Spritze • der Schmutz • die Verletzung • der Sitz • der Blitz • die Spitze • der Putz • der Besitz

Schreibe so: *der Schutz – schützen, die Hitze – er…*

3 ★★★ **tz-Wörter ordnen und abteilen**

Mütze • sitzen • kratzen • Pfütze • setzen • Katze • Spitze • putzen • Hitze • schützen • Tatze • schwitzen

Ordne die Wörter in zwei Gruppen und teile jedes Wort ab.

Namenwörter	Zeitwörter
die Mütze – Müt=ze	sitzen – sit=zen

4 ★★ ab

Kinder denken an die Umwelt

Leider putzen manchmal Leute ihre Autos an einem Bach. Das ist kein Witz! Sie kratzen klebrigen Schmutz von den Scheiben. Danach spritzen sie Wasser und Schaum auf das Auto.
Viele Kinder sind bereit, die Umwelt zu schützen.
Trotz großer Hitze wollen sie den Bach säubern.
Sie sammeln schmutzige Fetzen, spitze Nägel, sogar eine alte Mütze. Die Kinder schwitzen am ganzen Körper.
Aber alle sind mit sich sehr zufrieden.

Lernwörter

die Hitze
die Mütze
der Schmutz
der Witz

kratzen
putzen
schützen
schwitzen
spritzen

spitz

LP Wörter mit bezeichneter Vokalkürze („tz“) üben; Wörter des Schreibwortschatzes nach Sprechsilben trennen. **BiSt** Einen begrenzten Schreibwortschatz normgerecht anwenden; Sprach- und Regelwissen für normgerechtes Schreiben nutzen; das Mitsprechen bewusst einsetzen.

Plakate für den Umweltschutz

1 Die Kinder der 3a haben Plakate zum Thema Umweltschutz gestaltet. Kreuze an, ob die Kinder diese Aufgaben erfüllt haben.

1 Überschrift: kurz, gut lesbar
2 Inhalt: wenig Text, Vorteile und Nachteile leicht erkennbar
3 Illustration: nicht zu viele Bilder, klar und deutlich

1 ☐ 2 ☐ 3 ☐

1 ☐ 2 ☐ 3 ☐

1 ☐ 2 ☐ 3 ☐

2 **Obst und Gemüse aus Österreich**
Überlege, ob das Vor- oder Nachteile sind.
Kennzeichne Vorteile mit + und Nachteile mit –.

- ☐ Kurze Transportwege
- ☐ Weniger Abgase
- ☐ Geld bleibt in Österreich
- ☐ Schmecken besser
- ☐ Nicht zu jeder Jahreszeit erhältlich
- ☐ Weniger Spritzmittel
- ☐ Gut für die Umwelt
- ☐ Weniger Sorten erhältlich

Gestalte selbst ein Plakat zu einer Obst- oder Gemüsesorte.

3 **Wir schützen unsere Umwelt**
Gestalte ein Plakat zu einem Umwelt-Thema.

Elektroautos
Sonnenenergie
Wasser

1 Schneeglöckchen, Veilchen, Primeln und Schlüsselblumen gehören zu den **ersten Frühlingsboten**. Woran erkennst du sie?

2 **Frühling**

Eines Morgens ist der Frühling da.
Die Mutter sagt,
sie riecht ihn in der Luft.

Pit sieht den Frühling.
An den Sträuchern im Garten
sind hellgrüne Tupfen.

Anja hört den Frühling.
Neben ihr, auf dem Dach,
singen die Vögel.

Unten vor dem Haus
steigt Vater in sein Auto.
Er fühlt den Frühling.
Die Sonne scheint warm
auf sein Gesicht.

Aber schmecken
kann man den Frühling noch nicht.
Bis die Erdbeeren reif sind,
dauert es noch lange.

Christine Nöstlinger

Was erfährt man in dem Gedicht über den Frühling?
Versucht das Gedicht ausdrucksvoll zu sprechen.

3 **Den Frühling hören**
Wenn du im Frühling auf einer Wiese liegst, kannst du so einiges hören.

Zwitschern einer Amsel • Zirpen einer Grille • Rattern des Rasenmähers • Summen einer Biene • Brummen einer Hummel • Rauschen der Blätter

Im Frühling höre ich das …

Schreibe auch einige Sätze auf: *Ich kann das* ______________ *hören.*

LP Andere informieren; Üben von Satzmustern (Gebrauch des Genitivs); ein Gedicht ausdrucksvoll sprechen. **BiSt** Beobachtungen und Sachverhalte verständlich darstellen; Wörter und Sätze standardsprachlich korrekt verwenden; Informationen aus literarischen Texten entnehmen.

Wörter und Sätze bauen und untersuchen

★ 1 Wörter bauen

Frühlings	Tage, Blumen, Feste, Zeit, Beginn, Boten

Setze zuerst die Namenwörter zusammen, dann baue sie in Sätze ein:

Nach dem kalten Winter freuen sich viele Menschen auf die ersten Früh... .
Schneeglöckchen sind Früh... .
Im März beginnt die Früh... .
Bienen und Schwalben sind Früh... .
Am 21. März ist Früh... .
In vielen Orten finden Früh... statt.

★★ 2 Aussagesätze bauen und umbauen

ich	Veilchen	meiner Mutter	bringe

Ich bringe meiner Mutter Veilchen.
Meiner Mutter ... .
Veilchen ... .

Klangprobe:
Ich betone das erste Satzglied. Die Aussage ändert sich.

Damit kannst du neun Sätze bauen:

ich	die Blumen	gebe	in die Vase
zeigt	Simon	seine Briefmarken	dem Freund
in einen Korb	Ramona	legt	die Eier

★★★ 3 Sätze umbauen und ihren Sinn verändern

David wirft 

Sarah gibt 

Julia stellt 

Alex holt 

Schreibe mindestens 8 verschiedene Sätze.
Erkläre auch, wie sich die Bedeutung verändert hat.

→ AH 50

LP Einblick in den Bau von Sätzen gewinnen; der Satz als Sinneinheit; durch die Betonung verschiedener Wörter den Sinn eines Satzes etwas ändern.
BiSt Satzglieder unterscheiden; die Funktion von Formveränderungen in Sätzen erkennen; die Funktion der wichtigsten Satzarten kennen.

Wörter mit chs

1 Im Frühling beginnt vieles zu wachsen

Auf den Wiesen wa___en Blumen.
Auf den Sträuchern ... Knospen.
An den Ästen ... Blätter.

In den Wäldern __chs__ Bäume.
Auf den Bäumen ... Früchte.
In den Beeten ... Pflanzen.

2 wachsen oder wächst

Äpfel • Hafer • Birnen • Weizen • Kirschen • Mais • Marillen • Getreide

Äpfel wachsen auf Bäumen. *Hafer wächst auf Feldern.*

3 Wörter mit chs

Füchse • Ochsen • Weichseln • Erwachsenen • Achsen • Dachse

Ordne die Wörter nach dem ABC und übe so: *die Achse – die Achsen*

4 wachsen – wechseln

aufwachsen • der Nachwuchs • verwechseln • zusammenwachsen • wechselhaft • auswechseln • die Verwechslung • der Erwachsene • das Gewächs • abwechselnd • das Wachstum • der Wechsel

Ordne die zwei Wortfamilien in eine Tabelle.

wachsen	wechseln
der Nachwuchs	*der Wechsel*

5

Kinder stellen viele Fragen

Weshalb kommt uns der Fuchs schlau vor? Warum ist ein Ochs so langsam? Wieso sind viele Weichseln sauer? Wo wachsen im Frühling Veilchen? Wieviel ist sechs mal sechs? Warum wechselt Paul die Schule? Wieso sind nicht alle Erwachsenen freundlich?

Lernwörter

der Erwachsene
der Fuchs
der Ochs
die Weichsel
wechseln
sechs

→ AH 51

LP In verschiedenen Wörtern gleiche Schreibungen feststellen (chs); Nichtentsprechung zwischen Lautung und Schreibung entdecken.
BiSt Beim Ab- und Aufschreiben orthografische Regelhaftigkeiten erfassen; einen begrenzten Schreibwortschatz normgerecht schreiben.

Schneemann im Frühling

1 *Schneemann auf Reisen*

Es war am ersten warmen Frühlingstag.
Da stand ganz still ein Schneemann am Gartenzaun.
Plötzlich sprach eine Krähe zu ihm: „Worauf wartest du?"
Traurig antwortete der Schneemann: „Auf meinen Tod."
Der Vogel schimpfte: „Bist du verrückt geworden?"
In diesem Augenblick hielt ein Bus vor dem Gartentor.
Oben auf dem Schild stand: „Nordpol".

Wie könnte diese Fantasiegeschichte weitergehen?
Wähle einen Schluss und schreibe die ganze Geschichte auf.

„Los, steig ein!“, rief die Krähe. Doch der Schneemann meinte: „Schneemänner können doch nicht mit dem Bus fahren.“	Der Schneemann dachte: „Ein Wunder!“ Doch da änderte der Busfahrer die Anzeige auf „Bahnhof“ und fuhr davon.	„Reingelegt!“, lachte der Schneemann und rannte zum Bus. Er stieg ein, winkte der Krähe und fuhr davon.

2 **Vier Freunde am Nordpol**

Stellt euch vor, der Schneemann wäre tatsächlich zum Nordpol gefahren …

An der Haltestelle Nordpol-Mitte hüpfte der Schneemann aus dem Bus.
Seine Freunde, der Bär, der Hase und der Fuchs warteten schon.

Der Schneehase jubelte: „ ...!“

Gemeinsam machten sich die Freunde auf den Weg.

Schreibe die ganze Geschichte auf. Achte auf die direkte Rede.

LP Texte verfassen, um andere zu unterhalten: erfundene Geschichten; Weitererzählen begonnener Geschichten.
BiSt Die Kinder können Texte verfassen, um zu erzählen und zu unterhalten.

Arbeit in Haus und Garten

1 Wir helfen beim „Frühjahrsputz“ – Eine Rundfrage

Ich helfe beim Abstauben.
Wobei hilfst du, Daniel?

Ich helfe beim ... .
Wobei hilfst ... ?

beim

Tapezieren • Autowaschen
Ausmalen • Teppichklopfen
Staubsaugen • Fensterputzen
Wäschewaschen • ...

2 Geräte für die Gartenarbeit

Rechen • Sichel • Rasenmäher • Gießkanne •
Gartenschlauch • Heckenschere • Schaufel • Spaten • Besen

Für die Arbeit im Garten kann man einen Rechen verwenden.
Für die Arbeit im Garten kann man ... . →

3 Arbeit im Garten

Rasen • Hecken •
Radieschen • Unkraut •
Wege • Pflanzen •
Blumen • Salat

Jetzt muss der Rasen gemäht werden.
Jetzt müssen die Hecken ...

geschnitten • gesät •
entfernt • gekehrt •
gegossen • gesetzt •
gepflanzt • gemäht

Bei **muss** und **müssen** sprich **u** und **ü** deutlich kurz.
Schreibe auch einige Sätze auf.

Im Frühling muss das Unkraut entfernt werden.
Im Frühling müssen ... .

Sprechen – hören – Sprache trainieren

LP Standardsprachliche Muster üben und erweitern; Übungen zur Lautunterscheidung.
BiSt Die Kinder können Gesprächsbeiträge aufnehmen und sie weiterführen; verständlich und an der Standardsprache ausgerichtet sprechen.

Formen von Wörtern verändern sich

1 Auch Artikel können sich verändern

Finde die Namenwörter Gärtner, Bäuerin und Kalb.
Unterstreiche sie und die dazugehörenden **Artikel**.

Der Gärtner hat viel zu tun.
Die Arbeit des Gärtners ist schwer.
Oft hilft Paul dem Gärtner.
Der Bub kennt den Gärtner schon lang.

Die Bäuerin melkt die Kühe.
Die Schürze der Bäuerin ist blau.
Manchmal hilft Marie der Bäuerin.
Das Mädchen hat die Bäuerin gern.

Das Kalb ist noch sehr klein.
Das Fell des Kalbes ist weiß.
Florian gibt dem Kalb oft Milch.
Zärtlich streichelt der Bub das Kalb.

Was entdeckst du?
Wie oft verändert sich der Artikel vor **Gärtner**?
Wie oft vor **Bäuerin**?
Wie oft vor **Kalb**?
Ändern sich auch die Namenwörter?

2 Einmal dem – einmal den

Besen – Fußboden kehren • Staubtuch – Staub wischen •
Löffel – Tee umrühren • Messer – Kuchen schneiden •
Pinsel – Fleck übermalen • Hammer – Nagel einschlagen

Schreibe so: *mit dem Besen den Fußboden kehren, mit dem …*

3 Einzahlform und Mehrzahlform vergleichen

der Löffel – **die** Löffel   **die** Tafel – **die** Tafeln

Kugel • Gipfel • Gabel • Onkel • Nadel • Zettel • Sessel • Kartoffel

Mit den Einzahl- und Mehrzahlformen kannst du zwei Gruppen bilden.
Schau auf die **Artikel** und auf das **Wortende**.

Einzahl	Mehrzahl	Einzahl	Mehrzahl
der Löffel	*die Löffel*	*die Tafel*	*die Tafeln*

Wort und Satz betrachten

LP Einsicht in Sprache durch Vergleichen: Wortformen von Namenwort und Artikel; Namenwörter nach Einzahl und Mehrzahl unterscheiden und ordnen.
BiSt Die Kinder können Formen von Wörtern standardsprachlich korrekt verwenden; sie erkennen die Funktion von Formveränderungen in Wörtern.

ssl nach kurzem Selbstlaut

1 ★

Fenster putzen • Auto waschen • Rasen mähen • Wäsche aufhängen • Unkraut jäten • Rosen setzen • Blumen gießen

Schreibe alle Sätze auf.

Du musst den Rasen mähen.
Ihr müsst die Fenster … .
Lukas, kannst du … ?
Kinder, könnt ihr … ?

2 ★★ **Jedes kluge Kind passt im Straßenverkehr gut auf**

Schreibe alle Sätze auf.

auf dem Schulweg • bei der Kreuzung • vor der Ampel • auf dem Fußgängerübergang • auf dem Zebrastreifen • beim Bahnübergang

Lena passt auf dem Schulweg gut auf. Paul passt bei der … .

3 ★★ Finde die Wörter, die zusammengehören.

essen • lassen • pressen • fressen • messen • fassen • müssen • passen ↔ fasst • lässt • frisst • isst • misst • presst • passt • musst

ss → ssl

essen – ich esse – er isst
lassen – ich lasse – …

4 ★★

Oma und ihre Helfer

Umsichtig presst Anna frischen Obstsaft. Lukas lässt auf dem Herd nichts anbrennen. Lena fasst die heiße Schüssel mit den Kartoffeln vorsichtig an. Lukas klagt: „Der Deckel passt nicht auf den Topf.“ Anna rät ihm: „Du musst es mit einem anderen versuchen.“ Oma weiß, dass ihre Helfer bald eifrig schmausen werden.

Lernwörter

die Kartoffel

fassen
lassen
passen
pressen

vorsichtig

dass
nichts

→ AH 52

LP Wörter mit bezeichneter Vokalkürze üben („ss“); in verschiedenen Wörtern gleiche Schreibungen feststellen (ss–sst). **BiSt** Die Kinder können beim Ab- und Aufschreiben orthografische Regelhaftigkeiten erfassen; kennen die wichtigsten Regeln der Rechtschreibung und können sie anwenden.

Tätigkeiten genau beschreiben

1 Geschichten mit vier Sätzen schreiben

Weg mit dem Dreck
Auf dem Fußboden lagen Brösel.
Ich holte ... und ... .
Rasch kehrte ich ... .
Das Zimmer war ... .

Alles wieder sauber
Auf dem Tisch standen schmutzige Teller.
Ich trug sie in ... . Dort ... .
Nachher stellte ... Küchenkasten.

2 Autowäsche

Julia und ihr Vater beschlossen, das schmutzige Auto zu waschen.

Hilfen für deine Geschichte:

Satzanfänge:
Zuerst ... • Dann ... •
Später ... • Gleich darauf ... •
Anschließend ... • Nachher ... •
Nach einer Weile ... • Danach ...

Teile des Autos, Arbeitsgeräte:
Dach des Fahrzeuges • Fenster •
Scheinwerfer • Radkappen •
Rückspiegel • Kübel • Wasser •
Schwamm • Tuch

Die Personen:
Vater • Mann • er
Julia • Tochter • Mädchen • sie

Zeitwörter:
holte • wusch • reinigte •
glänzte • putzte • trocknete •
wischte • spülte • polierte

Schreibe die ganze Geschichte auf.

3 Bei welcher **Arbeit** hast du schon geholfen?
Beschreibe sie und gib deinem Text eine Überschrift.
Vielleicht schreibst du auch, wie du dich dabei oder nachher gefühlt hast.

→ AH 53
LP Im Bereich des Wortschatzes und der Satzstrukturen situationsbezogen formulieren; über Handlungsabläufe schreiben
BiSt Texte verfassen, um persönlich Bedeutsames auszudrücken; Texte dem Handlungsablauf entsprechend strukturieren; Sätze zu einem Text verbinden.

Einmal im Jahr ist Muttertag

1 Kinder helfen am Muttertag

Leonie und Daniel müssen der Mutter manchmal bei der Arbeit helfen.
Heute, am Muttertag, will Daniel Geschirr abtrocknen.
Da kommt Lukas mit seinen Freunden. Daniel soll mit ihnen … .

* Wozu könnte Lukas seinen Freund auffordern?
Erfindet einige Zurufe.

** **2** Ruft euch solche Aufforderungen in der Klasse zu. Horcht, wie diese Sätze anders klingen, wenn ihr bittet, fordert, droht … .

Oft kommt es darauf an, wie ich etwas sage.

*** **3** Besprecht mit euren Nachbarn, wie die Geschichte in Übung 1 weitergegangen ist. Teilt eure Lösungen der Klasse mit. Die anderen Kinder nehmen Stellung.

** **4 Fragekette**
Meine Mutter freut sich, wenn ich ihr helfe. Worüber freut sich deine Mutter?

** **5 Wir helfen das ganze Jahr**
Frage die Kinder in deiner Klasse, wie sie zu Hause mithelfen.
** Schreibe einige Sätze auf.

Geschirrspüler ausräumen • Tisch decken • Tisch abräumen • Staub saugen • Schuhe putzen

Amirs Mutter freut sich, wenn er den Mistkübel ausleert.

Sprechen – hören – Sprache trainieren
LP Verschiedene Ausdrucksmöglichkeiten sprachlichen Handelns für bestimmte Situationen erproben; standardsprachliche Satzmuster üben.
BiSt Mit anderen zu einem Thema sprechen, es weiterdenken und eigene Meinungen dazu äußern; in Konflikten gemeinsam nach Lösungen suchen.

Geschenke für die Mutter

1 ★ **Muttertagsüberraschung**

Was die Mutter auf dem Tisch

sieht.
findet.
entdeckt.

Die Mutter sieht auf dem Tisch eine Vase.
Sie findet auf dem Tisch … .
Auf dem Tisch entdeckt die Mutter … .

Vase • Torte • Buch • Bild • Tasche • Bluse

Schreibe alle Sätze auf.

2 ★★ **Die Familie hat die Geschenke vorbereitet**

Der Vater hat die Vase auf den Tisch gestellt.
Lukas hat die Torte … .
Anna hat … .

gestellt • gelegt • gegeben

Verwende die Geschenke von 1. Schreibe alle Sätze auf.

3 ★★ **Findest du die unterschiedliche Bedeutung?**

steigt auf **den** Sessel – steht auf **dem** Sessel
fährt auf den Berg – wandert auf dem Berg
klettert auf den Baum – sitzt auf dem Baum

Entdeckst du, warum man einmal **auf den**,
dann aber **auf dem** schreibt?
Verwende die Wortgruppen in Sätzen.

Ich frage mit **wohin** oder mit **wo**.

Zuerst steigt Max auf den Sessel.
Danach steht er auf …

Zuerst fährt Opa … .
Danach …

4 ★★ **Wohin? Wo?**

Daria steigt auf **den** Hügel.
Jetzt rastet sie auf **dem** … .

Tobias stellt sich auf … Schemel.
Jetzt steht er auf … .

Lukas legt sich auf … Teppich.
Jetzt liegt er … .

Julia setzt sich auf … Sessel.
Jetzt sitzt sie … .

LP Einsicht in Sprache durch Vergleichen und Betrachten (Unterscheidung von Lage – wo? und Richtung – wohin?). **BiSt** Die Funktion von Formveränderungen in Wörtern und Sätzen erkennen; Regelhaftigkeiten der Rechtschreibung entdecken, sie verbalisieren bzw. kommentieren können.

Nach ei steht manchmal ß

1 Wer fleißig liest, weiß viel

Lena liest fleißig Tierbücher.
Sie weiß viel über … .

Kevin … Pflanzenbücher.
Er … .

Lukas liest … Kochbücher.
Er … .

Anna … Sportbücher.
Sie … .

Rosen • Torten • Löwen • Fußball

2 heißen beißen reißen

Schreibe so: *ich heiße sie heißt wir heißen*

Ich heiße … . Meine Mutter hei___t … .

Ich bei___e in einen saftigen Apfel.

heißen

Leonie bei___t in eine süße Birne.

Ich rei___e ein Blatt ab. Der Wind rei___t Ziegel vom Dach.

3 Fehlt s oder ß?
Hör genau: Vielleicht kannst du zwischen einem **summenden** s-Laut wie bei Reise und einem **zischenden** s-Laut wie bei reißen **unterscheiden**.

bei___en • hei___en •
rei___en • Schwei___

Rei___e • Mei___e •
lei___e • wei___e

Lernwörter
die Kirsche
die Marille
die Melone
der Pfirsich
beißen
pflegen
pflücken
reißen
sie weiß ▸ wissen
fleißig
heiß
dreißig

4

Annas Mutter

Annas Mutter weiß viel über Gärten und Bäume.
Den ganzen Tag arbeitet die fleißige Frau in Haus und Garten. Sorgfältig pflegt sie alle Pflanzen.
Zur rechten Zeit pflückt sie Kirschen und Marillen. Sie reißt einen Pfirsich vom Baum und beißt hinein.
Melonen hätte sie auch gern.
Heute ist ihr besonders heiß. Es hat über dreißig Grad.

→ AH 54
LP Wortschreibungen festigen; in verschiedenen Wörtern gleiche Schreibungen feststellen (-eiß-) **BiSt** Das Mitsprechen bewusst einsetzen; Unsicherheiten beim Rechtschreiben erkennen und für normgerechtes Schreiben Rechtschreibstrategien und Arbeitstechniken anwenden.

Muttertagsgeschichten

1 Viersatzgeschichten

Marie schreibt:

Ich werde ein Lied singen.
Nachher werde ich Mama ... schenken.
Dazu werde ich ihr noch ein ... geben.
Hoffentlich freut ... .

Simon schreibt:

Ich werde ein Gedicht ... .
Nachher werde ... .
Dazu ... .
Ich hoffe, Mama ... .

Wähle eine Geschichte aus
und schreibe sie vollständig auf.

2 *Am Muttertag*

Heute ist ... .
Am Morgen ... .
Ich bringe ... .
Dann sage ... .
Ich gebe ... .
Nach dem Frühstück ... .

Meine Mutti habe ich ...

... nicht nur am Muttertag ...

Du kannst diese Muttertagsgeschichte als Ich-Geschichte erzählen
ODER eine Oma-Geschichte schreiben.
Du kannst auch ein anderes Kind erzählen lassen.

3 Schreibe eine **eigene Muttertagsgeschichte**, vielleicht mit dem Titel „Das hat Mama besonders gefallen“ ODER „Eine gelungene Überraschung“.

Im Tiergarten

1 Seht euch die Bilder genau an und sprecht darüber.
Welche Tiere kann man noch in einem Tiergarten sehen?

2 Über ein Tier informieren

- Wenn du einen Vortrag über ein Tier vorbereitest, kannst du in eine Bücherei gehen und dich über das Tier informieren. Du findest dort Lexika, Tierbücher, Sachbücher und einen Computer.
- Du wählst aus und schreibst dir Stichworte auf.
- Bei deinem Vortrag sprichst du laut und deutlich.
- Du schaust deine Zuhörerinnen und Zuhörer an.

Mich interessieren Giraffen.

3 Bei den Giraffen

Katharina und Julian stehen vor dem Giraffengehege. Sie staunen und sagen:

Giraffen finde ich cool.

Die Beine sind voll hoch.

Der Hals ist urlang.

Mit Hilfe der Wörter im Rahmen könnt ihr erklären, was die Kinder meinen.

sehr • ganz • besonders • äußerst • ziemlich • großartig • beachtlich

Mit verschiedenen Wörtern mit ähnlicher Bedeutung kann ich mich genauer ausdrücken oder verständlich machen.

4 Beeindruckend

Verwende die Wörter aus 3, um besondere Merkmale zu beschreiben.
Schreibe einige Vorschläge auf.

Das Maul ist sehr groß.

Die Zähne sind ziem… … .

LP Andere informieren; interessant und anschaulich erzählen. **BiSt** Die Kinder können Informationen über Lebewesen einholen; Sachinformationen an andere weitergeben und dabei gelernte Fachbegriffe verwenden; eigene Ausdrucksformen mit der Standardsprache vergleichen.

Tiere in Wort und Satz

1 In jedem Satz bildet das Zeitwort ein Satzglied

fliegen • kriechen • brüllen •
laufen • klettern • schwimmen •
tauchen • springen • kreisen

Der Adler … hoch. Der Löwe … laut.
Die Schlange … langsam. Die Gämse … geschickt.
Das Zebra … schnell. Das Krokodil … behäbig.
Das Känguru … weit. Das Flusspferd … tief.
Der Geier … ausdauernd.

2 Wörter ordnen

Adler • brüllen • laut • Löwe • hoch • fliegen • behäbig •
kriechen • Schlange • Gämse • geschickt • klettern • laufen •
schnell • Zebra • Krokodil • langsam • schwimmen

Ordne diese Wörter in drei Gruppen:

Namenwörter	Zeitwörter	Eigenschaftswörter
der Adler	brüllen	behäbig

3 Tiere genau betrachten

Schreibe alle Sätze.

So: Ein Mädchen erblickte den langen Rüssel eines …

LP Die wichtigsten Wortarten kennen; Namenwörter als Wörter zur Benennung von Tieren; Zeitwörter als Wörter zur Benennung von Tätigkeiten.
BiSt Die Kinder kennen die Funktion der wichtigsten Wortarten und können für diese Fachbezeichnungen verwenden.

Tiere im Tiergarten

1 Namenwörter für Tiere

Affe • Ziege • Kamel • Büffel • Nashorn • Antilope •
Schildkröte • Tiger • Flusspferd • Geier • Känguru • Giraffe

Diese Namenwörter kannst du bestimmt nach ihrem Artikel ordnen

So: *der: der Adler – ein …* *die: die A… – …* *das: das F… – …*
der B… *die …* *das …*
der Gei… *die …* *das …*

2 Hungrige Tiere

Auf einer Palme … Affen und … Bananen.
Auf einer Wiese … Amseln und … ….
Auf einem Feld … Hasen und … ….
An einem See … Störche und …

saßen *fraßen*

Karotten • Würmer • Frösche

Schreibe die Sätze vollständig auf.

3 Vor dem Käfig

Karim stand vor dem Käfig und beobachtete genau, wie ein Kamel sein Futter fraß.

Schreibe über 6 Kinder und wähle verschiedene Tiere.

4

Einander grüßen
Lisa und Paul besuchten einen Tiergarten. In der Ferne erblickten sie ein Gehege mit Hirschen und Gämsen. Lisa entdeckte in einem Käfig etliche Papageien. Die wollte sie füttern. Paul staunte über die mächtigen Flügel der Adler und den langen Rüssel der Elefanten. Die Krokodile sahen schläfrig aus. Ein Affe fraß eine Banane. Dann warf er die Schale aus dem Käfig. Die Kinder vergaßen fast, dass es Zeit für den Heimweg war.

Lernwörter

der Adler
der Affe
der Elefant
der Hirsch
das Krokodil
der Papagei
der Rüssel

entdecken
erblicken
fraß ▸ fressen
füttern
vergaß ▸ vergessen

→ AH 55

LP Festigung der Großschreibung von Namenwörtern.
BiSt Die Kinder können beim Ab- und Aufschreiben orthografische Regelhaftigkeiten erfassen.

Tiere beschreiben

1 Kinder schreiben über ihre Tiere
So beschreibt Laura ihre Katze:

Ich besitze eine Katze. Sie heißt Minka.
Sie hat einen runden Kopf
und spitze Ohren.
Ihr Fell ist schwarz und weich.
Minka kann sehr gut klettern.
Mein Liebling frisst am liebsten Wurst.

Darüber schreibt sie:

Aussehen
- Kopf
- Ohren
- Fell

Verhalten
Ernährung

Schreibe Lauras Geschichte ab.

2 Der Elefant

Haut • Kopf • Ohren • Körper • Stoßzähne • Rüssel • Lasten • Pflanzen

Der Elefant besitzt einen mächtigen ____________
und große ____________ .
Sein riesiger ____________ *hat eine dicke* ____________ .
Das Tier hat einen langen ____________ *und zwei weiße* ____________ .
Elefanten fressen ____________ . *Sie können schwere* ____________ *tragen.*

Schreibe die Beschreibung vollständig auf.

3 Der Löwe

großen Kopf • riesige Mähne • kräftigen Körper • gelbes Fell • buschigen Schwanz • Fleisch

Vielleicht findest du in einem Tierlexikon weitere Hinweise für deine Beschreibung.

4 Beschreibe ein Tier, das dir besonders gut gefällt.
Du kannst ein Bild zu deiner Beschreibung zeichnen oder kleben.

→ AH 56, 57

LP Texte ergänzen; über Tiere schreiben.
BiSt Die Kinder können Informationsquellen für die Planung von Texten nutzen; Texte in unterschiedlichen Formen verfassen, um zu informieren.

Am Wasser

1 Seht euch das Bild genau an. Beschreibt, was die Kinder tun.
Was sollten sie aber nicht tun? Erzählt von euren Spielen im Wasser.

2 **Wassersport**
Fachleute in eurer Klasse erklären Kunststücke, Sprünge beim Schwimmen, Schwimmarten, ...

3 **Wasser hören – laut oder leise?**
Welches Wort kannst du erklären oder vorspielen?

sprudeln • schäumen • fließen • rauschen • tosen • plätschern • brodeln • tropfen • glucksen • zischen • ...

4 Eine Aussage – in vier verschiedenen Sätzen ausgedrückt:

Ich höre, wie das Wasser sprudelt.
Hörst du, wie ...?

Ich höre das Sprudeln des Wassers.
Hörst du das ...?

Probiert die Sätze aus. Welche klingen wie gesprochen, welche wirken wie geschrieben?

5 Wähle einige Zeitwörter aus dem Kasten und bilde immer zwei Sätze.

Ich höre, wie das Wasser tropft.
Ich höre das Tropfen des Wassers.

6 **Sprichwörter und Redensarten vom Wasser**

Er redet wie ein Wasserfall.

Mir läuft das Wasser im Mund zusammen.

Klärt die Bedeutung. Wer kennt noch andere Redensarten?

LP Bilder beschreiben und besprechen; Sachverhalte sprachlich möglichst genau darstellen. **BiSt** Sachinformationen an andere weitergeben; Merkmale von gesprochener und geschriebener Sprache unterscheiden und darüber sprechen; Bedeutungsunterschiede sinnverwandter Wörter klären.

An, auf oder in einem See

1 *an einem See*

Anna wandert … .

Tobi rastet … .

Julian liegt … .

auf einem See

Alex segelt … .

Lena rudert … .

Julia surft … .

in einem See Dean schwimmt … . Jakob taucht … . Laura badet … .

2 Wo?

Fabian spaziert an einem kleinen Fluss.

Miro paddelt in …m großen Teich.

Florian krault … … tiefen Bach.

Johanna sitzt … … seichten See.

Jana fischt … … breiten Strom.

Paul steht … … tosenden Wasserfall.

Oma planscht … … neuen Pool.

Schreibe die Sätze richtig auf.

3 Nach Wortarten ordnen

Fluss – schwimmen – tief • tauchen – seicht – See • schmal – Bach – rudern • fischen – Gewässer – rein

Namenwörter	Zeitwörter	Eigenschaftswörter
der Fl		

Es gibt nur wenige Wörter mit ieß

1

gießen	schießen	fließen
Die Kinder ... Blumen.	Die Jäger ... Hasen.	Flüsse ... in das Meer.
Der Gärtner ... Beete.	Der Bub ... ins Tor.	Der Bach ... rasch.
Ich ... meinen Kaktus.	Ich ... mit dem Ball.	Wasser ... schnell.

Schreibe die Sätze vollständig auf und unterstreiche ieß.

2 Vier Wörter gehören immer zur selben Wortfamilie

gießen • Fließwasser • schließen • beschießen • Gießkanne
abfließen • Schließe • Schießpulver • beschließen • Fließband
vergießen • schießen • Gießerei • fließen • Schließfach • Schießbude

Schreibe die verwandten Wörter auf:

gießen: die Gieß..., ... schießen: ... fließen: ...

3 Unsicherheit: ß oder ss?

Höre genau, ob der Selbstlaut lang oder kurz gesprochen wird.

flie__en flo__ Flu__ genie__en geno__ Genu__
gie__en go__ Gu__ schie__en scho__ Schu__

Begründe, wie du schreibst.

4

Ein längerer Ausflug

Familie Bauer fährt für einige Tage weg.
Felix soll die Blumen gießen.
Er dreht etwas zu rasch den Wasserhahn auf.
Da schießt das Wasser in die kleine Gießkanne.
Jetzt passt er auf, dass es nicht auf den Boden fließt.
Leni fragt aus der Küche:
„Wie hieß der Wirt auf dem Sonntagberg?“
Zum Schluss schließt die Mutter die Fenster.
Alle freuen sich schon sehr auf die Fahrt.

Lernwörter

die Gießkanne

fließen
gießen
hieß ▸ heißen
schießen
schließen

LP Wörter mit bezeichneter Vokallänge üben („ie“); einfache Wortfamilien. BiSt Orthografische Regelhaftigkeiten erfassen und kommentieren; Unsicherheiten beim Rechtschreiben erkennen, für normgerechtes Schreiben Rechtschreibstrategien und Arbeitstechniken anwenden.

Wir halten Regeln fest

1 Unsere Baderegeln – Hallenbad Schönau

Vor dem Baden Füße reinigen! • Badehaube aufsetzen! •
Spritzen ist verboten! • Nicht quer durchs Becken schwimmen! •
Randsprünge sind verboten! • Vor dem Baden duschen! •
Beim Verlassen des Schwimmbades den Schlüssel abgeben!

Schreibe die Regeln in dieser Reihenfolge auf:
vor dem Schwimmen, **im** Becken, **nach** dem Schwimmen.

2 Regeln für einen Wettlauf

 Drei Kinder bilden eine Mannschaft.

Das erste Kind ... 

Ball ⟶ Korb 

nimmt – läuft – wirft

Das zweite Kind ... 

Reifen ⟶ Haken 

nimmt – rollt – hängt

Das dritte Kind ... 

 Sack ⟶ 

schlüpft – hüpft

Sieger ist die Mannschaft, die zuerst das Ziel erreicht.

Schreibe die Regeln für diesen Wettlauf auf.

3 14 Kinder suchen Regeln für ihr Fußballspiel.

Unser Fußballspiel

In jeder Mannschaft spielen ... .

Jede Mannschaft braucht einen ... .

Der Ball darf nicht mit ... .

Nur der Tormann darf den Ball ... .

Für jedes Foul gibt es ... .

Das Spiel dauert zweimal ... .

Schimpfen ist ... .

Schreibe die Regeln für das Fußballspiel auf.

4 Haltet **Regeln für andere Spiele** fest, zum Beispiel für:
Versteckenspiel, Hindernislauf, Kartenspiel, erfundenes Spiel, ...

1 Ausflug an einem warmen Sonntag
Wohin geht oder fahrt ihr gern?

2 Sprachbeobachtung: Wo steht das Zeitwort?

... weil ich füttere Tiere gern.

(nach dem Wort ich)

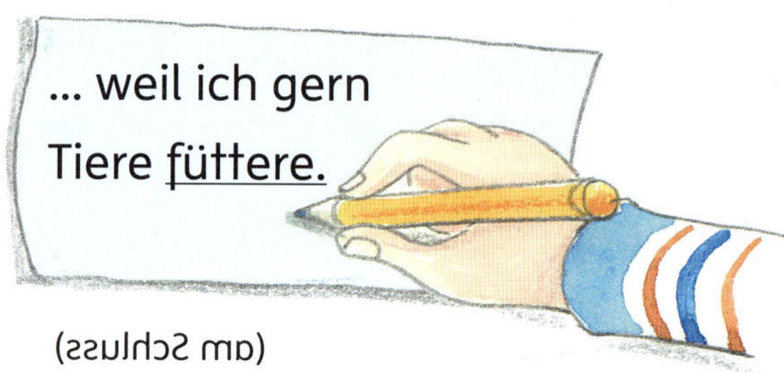

(am Schluss)

In der Schriftsprache steht in WEIL-Sätzen das Zeitwort am Schluss:
Vielleicht gehen wir in den Tiergarten, **weil** ich gern Tiere **beobachte.**

3 Sätze in der Schriftsprache sprechen
Vielleicht gehen wir zu einem See, weil ich ...

zu einem See • in einen Tierpark • zu einem Spielplatz • zu einer Wiese • in den Wald • zu einem Bauernhof	weil	Boot fahren • Tiere füttern • Schmetterlinge sehen • Ball spielen • Pilze sammeln • Tiere beobachten

Vielleicht gehen wir zu einem See, weil wir gerne ...

4 Verschiedene Wanderwege

Auf einem steinigen Weg gibt es viele Steine.
Auf einem ... . →

schmutzig · schattig · sandig · steinig · sonnig

LP Üben von Satzmustern mit steigendem Schwierigkeitsgrad; Beobachtungen sprachlich darstellen. **BiSt** Wörter und Sätze standardsprachlich korrekt verwenden; Merkmale und Funktionen von gesprochener und geschriebener Sprache unterscheiden und darüber sprechen.

Sommerwörter – Sommersätze

1 ★ **Welche Wörter entdeckst du hier?**

Sommermonat • Sommerferien • Sommernacht •
Sommerblumen • Sommerzeit • Sommerhitze •
Sommerreifen • Sommerkleid • Sommerhaus

Schreibe so: *Sommermonat: der Sommer, der Monat*

2 ★★ **An Sommertagen**

An einem	heißen kühlen warmen trüben herrlichen schwülen	Sommertag werde ich	schwimmen • wandern • baden • ein Eis essen • segeln • rudern • lesen • malen • bergsteigen • Rad fahren • Pilze suchen • einen Ausflug machen • ...

Schreibe einige Sätze auf.

3 ★★ **Wünsche an den Sommer – dass-Sätze**

Sebastian hofft,	dass	die Sonne oft scheint / es wenig regnet.
Lena möchte,		es häufig Badewetter gibt / es sehr heiß wird.
Lara wünscht sich,		viele Pilze wachsen / es keine Unwetter gibt.

Schreibe alle Sätze auf.

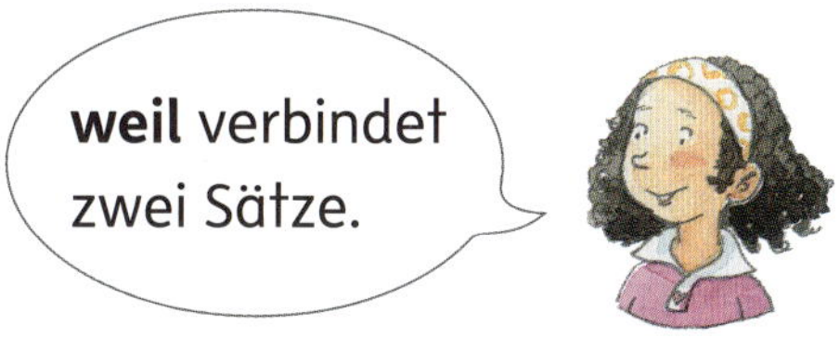

4 ★★★ **Sätze zusammenfügen**

Wir gehen heute nicht schwimmen. ← → Es ist kühl und regnerisch.

Wir gehen heute nicht schwimmen, **weil** es kühl und regnerisch ist.

Verbinde die Sätze mit **weil** und schreibe sie auf.

Leon borgte sich Schwimmflügel aus. Er hatte seine vergessen.
Marie blieb lange im Wasser. Der See war angenehm warm.
Rasch packten wir unsere Sachen zusammen. Ein Gewitter kam näher.

→ AH 60

LP Einfache Zusammensetzungen in einzelne Wörter trennen; Sätze bauen und umbauen. **BiSt** Die Funktion von Formveränderungen in Wörtern und Sätzen erkennen; Formen von Wörtern und Sätzen standardsprachlich korrekt verwenden können; Sätze zu einem Text verbinden.

Wörter mit dem Doppelmitlaut mm

_mm

★ 1 **Wörter mit mm üben**

Tr___mmel st___mm br___mmt K___mm k___mmt

schl___mm S___mmel j___mmert s___mmt H___mmel

st___mmt kr___mm H___mmer s___mmelt N___mmer

Setze in diesen Wörtern die kurz gesprochenen **Selbstlaute** ein.

★★ Schreibe die Wörter ab und setze einen Punkt unter den kurz gesprochenen Selbstlaut.

★★ 2 **Ein mm-Rätsel**

Jeder Baum hat einen St... . Nach dem Frühling kommt der S... .
Jedes Haus hat eine N... . Viele Sterne stehen am H... .
Jede Wohnung hat ein Z... . Anna singt mit heller St... .

★★★ 3 **Wortfamilie schwimmen**

das Brustschwimmen,
das Rücken... , im Schwimm... ,
Alis Schwimm... , ...

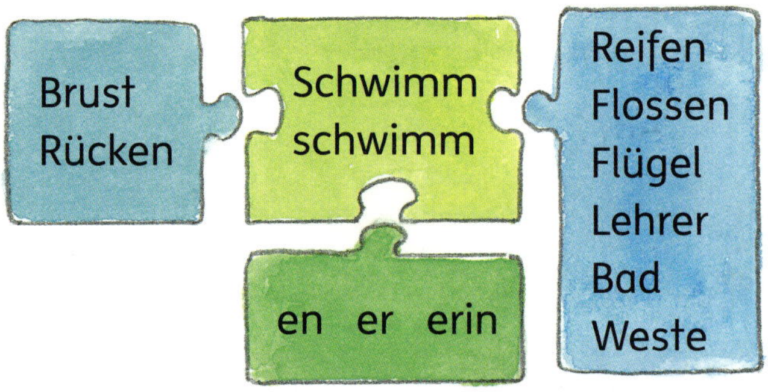

Bilde möglichst viele Schwimm-Wörter.

★★ 4

Ein Sommertag

Lena und Lukas gehen zusammen ins Schwimmbad.
Hier ist es heute sehr laut. Man hört kaum seine eigene Stimme. Dazu schlägt ein kleiner Bub auf seine Trommel.
Lukas setzt sich auf einen Stamm.
Er hört nicht, was da brummt und summt.
Au! Irgendetwas hat ihn gestochen.
Vor Schreck ist er stumm.
Doch der Stich ist nicht so schlimm.
Auf dem Heimweg ärgert sich Lena: „Zu dumm, wo ist mein Kamm?“

Lernwörter

der Kamm
der Stamm
die Stimme
die Trommel

brummen
summen

dumm
schlimm
stumm

zusammen

→ AH 61

LP Wörter mit bezeichneter Vokalkürze sammeln und üben („mm“); Wörter mit zunehmender Sprachbewusstheit schreiben.
BiSt Die wichtigsten Regeln der Rechtschreibung anwenden können; ihr erworbenes Sprach- und Regelwissen für normgerechtes Schreiben nutzen.

Über ein Gewitter schreiben

★
1 Katharina hat über ein Gewitter geschrieben.
Die Satzanfänge stehen in der richtigen Reihenfolge.
Suche die passenden Satzteile dazu.

<u>Ein starkes Gewitter</u>

An einem heißen Samstag ging ich zu meiner Großmutter.

Auf einmal wehte ...	... es taghell.
Nach und nach zogen am Himmel ...	... ein sehr starker Wind.
Plötzlich blitzte ...	... schwarze Wolken auf.
Gleich darauf donnerte ...	... es in Strömen zu schütten.
Kurz danach begann ...	... einen bunten Regenbogen.
Nach einer Weile hörte ...	... es laut.
Am Himmel entdeckte ich ...	... der Regen auf.

★★
2 Schreibe eine längere Geschichte über ein Gewitter. Erzähle auch, wie du dich vor dem Regen geschützt hast.

So könntest du beginnen:

An einem heißen Sommertag war ich mit meiner Familie an einem See baden. Nach und nach ... .

Diese Sätze könntest du in deiner Geschichte verwenden:

- Ich bekam Angst. Ich dachte: „Hoffentlich schlägt der Blitz ...!“
- Ich meinte: „Hätten wir doch Schirme mitgenommen!“
- ... sagte: „Jetzt bin ich bis auf die Haut nass.“
- ... rief: „Schau, dort steht ein wunderschöner Regenbogen!“

★★★
3 Wie hast du **ein Gewitter erlebt?** Schreibe ausführlich darüber.

LP Möglichkeiten des Textaufbaus erkennen: Textteile ordnen und ergänzen; eigene Erlebnisse aufschreiben (Gewitter). **BiSt** Texte dem Handlungsablauf entsprechend strukturieren; bei der Wortwahl und der Formulierung von Sätzen bewusst sprachliche Gestaltungsmittel verwenden.

Auf ins Freie!

1 Wohin am Wandertag?

Die 3b plant einen Wandertag. Was kann man da alles unternehmen? Es werden Vorschläge gesammelt. Gute Ideen werden notiert.

2 Gesprächsregeln beachten

- Wir hören anderen zu und lassen sie ausreden.
- Wir überlegen, ob wir Vorschlägen zustimmen oder ob wir sie ablehnen.
- Wir begründen eigene Meinungen.

Sprecht darüber. Findet ihr weitere Regeln für eure Gespräche?

3 Allen Menschen recht getan, ist eine Kunst, die niemand kann.

Was bedeutet dieses Sprichwort? Wie lange brauchst du, bis du es auswendig kannst?

4 Wir wollen Ball spielen

Was geschieht mit dem Ball?
Der Ball kann geworfen oder gerollt werden.
Er kann geschossen oder ... .

rollen • schubsen • fangen • schlagen • stoßen • halten • werfen • schießen • stoppen • schmettern

5 Spielbälle

Zum Fußballspielen brauche ich einen F... . Zum ...

Handball • Federball • Tennis • Baseball • Wasserball • Fußball • Volleyball • Basketball

LP Reale Handlungssituationen sprachlich bewältigen (planen); Erweitern der Gesprächsregeln. **BiSt** An Gesprächsregeln halten, anderen respektvoll zuhören und sich fair mit deren Meinungen auseinandersetzen; Formen von Wörtern und Sätzen standardsprachlich korrekt verwenden.

Sport und Spiel – Wörter für richtiges Fragen

1 ★ **Womit?**

Fußball   Bausteine Skateboard  Rad 

Lukas, womit spielst du manchmal?
Ich spiele manchmal mit einem Fußball.
Leni, womit fährst du manchmal? Ich fahre … .

Schreibe 4 Fragen und 4 Antworten auf.

2 ★★ **Wozu?**

Schläger  Ball   Rucksack Seil 

zum Fußballspielen
zum Wandern
zum Klettern
zum Tennisspielen

Schreibe alle Fragen und Antworten so auf:

Lukas, wozu nimmst du den Schläger?
Ich nehme den Schläger zum Tennisspielen.

3 ★★ **Wohin? – Fragen und Antworten schreiben**

Wohin läufst du oft?
Ich laufe oft in den Wald.

Wald • Park • Turnsaal • Hof • Garten • Keller

4 ★★★ **Beim Spielen richtig fragen: Wie viele? oder Wie viel?**

Wie viele Bälle hast du?
Wie viel Zeit hast du?

Stelle viele Fragen.

 Kraft  Steine Würfel 

Bälle  Karten 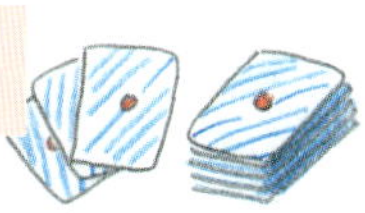 Zeit   Kugeln

Für Sprachentdecker: Könnt ihr erklären, warum das eine Mal wie viele und warum das andere Mal wie viel geschrieben wird?

LP Sätze nach ihren Leistungen unterscheiden; Wörter für richtiges Fragen.
BiSt Die Kinder erkennen die Funktion von Formveränderungen in Wörtern und Sätzen; kennen die Funktion der wichtigsten Satzarten.

Zeitangaben richtig schreiben

1 Besuche an allen Tagen

heute

gestern

morgen

Tobi besucht heute seine Großeltern.
Laura besucht … .
Esra besuchte gestern ihre … .
Lukas … .
Fabian wird morgen … besuchen.
Anna … .

Großeltern
Großmutter
Tante
Großvater
Onkel
Freund
Kusine
Freundin

2 Zu verschiedenen Tageszeiten

★★ Ich fahre heute in der F… in die Stadt.
Ich fuhr gestern am V… aufs Land.
Ich werde morgen zu M… an einen See fahren.
Ich besuche heute am N… meinen Onkel.
Ich besuchte gestern am A… meine Großmutter.
Ich werde morgen in der N… nach Amerika fliegen.

in der Früh
am Vormittag
zu Mittag
am Nachmittag
am Abend
in der Nacht

★★★ Hannah wünscht sich, dass sie in der Früh
mit Lisa spielen kann.
Sie wünscht sich, dass sie … .

Rad fahren • Eis essen • im See schwimmen • ein Buch lesen • gut schlafen

ab ★★ 3

Ganz gewöhnliche Schultage

In der Früh stehe ich auf.
Am Vormittag bin ich in der Schule.
Zu Mittag esse ich.
Am Nachmittag schreibe ich meine Hausaufgabe.
Am Abend spiele ich mit meinem Bruder.
In der Nacht schlafe ich.
Es war gestern so.
Es ist heute so.
Wahrscheinlich wird es auch morgen so sein.

Lernwörter

der Abend
die Früh
der Mittag
der Nachmittag
die Nacht
der Vormittag

gestern
heute
morgen

→ AH 63

LP Wortschreibungen festigen: Zeitangaben und Tageszeiten. **BiSt** Die Kinder können einen begrenzten Wortschatz in ihren Sätzen und Texten normgerecht anwenden; beim Ab- und Aufschreiben orthografische Regelhaftigkeiten erfassen.

Luftballon-Geschichten

1 *An einem schönen Sonntag fand ein großes Fest statt.*
Der kleine Tobi bekam einen bunten Luftballon.
Plötzlich kam ein Windstoß und der Bub ließ … .

Setze mit Hilfe der Bilder die Geschichte fort und finde einen Schluss dazu.

2 Du könntest den **Luftballon** auch **selbst erzählen** lassen.

Meine Überschrift

Ich bin der Luftballon Hatschi.
Ein kleiner Bub hatte Geburtstag.
Von einem Mädchen bekam er mich … . →

Lass den Luftballon auch sprechen.

„Hilfe, ich steige immer höher!“ „Mir ist so heiß!“
„Hoffentlich komme ich wieder gesund nach Hause!“

3 Erfinde eine **eigene Luftballon-Geschichte**.

Ferienzeit – Urlaubszeit

1 **Wir planen Ferien und Urlaub**

Was in diesen Prospekten wohl zu lesen ist?
Erfindet Sätze, die zu einem bestimmten Urlaub einladen.

2 Eine Familie **plant gemeinsam** die Gestaltung der Ferien. Stellt solche Gespräche dar.

Habt Geduld und lasst andere Kinder ausreden.

3 Ein Reisebüro veranstaltet ein Preisausschreiben: **Urlaub für Kinder**
Was würdet ihr schreiben? Entwerft eine Wunschliste.
Dann erfindet Geschichten von Traumferien.
Erzähle deine Geschichte einem anderen Kind oder im Erzählkreis.

4 **Nachrichten zum Schulschluss**
Die 3a macht jeden Monat eine eigene Nachrichtensendung. Zum Schulschluss wird über alles berichtet, was in diesem Schuljahr besonders wichtig, lustig, aufregend und interessant war.

Da sind wir … | Unser Lieblingsgedicht | Das beliebteste Lied | Höhepunkte des Jahres | … | Ein Interview

Welches Programm gestaltet ihr? Wem wollt ihr eure Sendung vorspielen?

5 **Erinnerungen an das vergangene Schuljahr**

Mir hat das Schwimmen gut gefallen.
Sevin haben die Ausflüge … .

Woran erinnern sich die Kinder deiner Klasse gern?
Schreibe einige Sätze auf.

Lesenacht • Konzert • Theater • Weihnachtsfeier • Turnstunden • Besuch von … • …

LP In Rollenspielen dargestellte Situationen sprachlich bewältigen; ausgedachte Geschichten erzählen; an andere appellieren.
BiSt Über Begebenheiten und Erfahrungen zusammenhängend sprechen; die eigene Meinung angemessen äußern und vertreten bzw. Irrtümer einsehen.

Letzte Sprachwerkstatt: Sätze bauen

★ 1 Was Kinder brauchen

Anna		feste Schuhe	zum Wandern
Mädchen	braucht	ein Seil	zum Schlafen
Felix		ein Zelt	zum Klettern
Buben	brauchen	einen Sturzhelm	zum Tauchen
Julia		Schnorchel	zum Radfahren
Kinder		Bälle	zum Spielen

Schreibe alle Sätze auf.

★★ 2 Wo Kinder rasten

Katharina rastet unter einem schattigen Baum.
Alex rastet auf einem großen ... .

★★★ 3 Zwei Sätze gehören zusammen

Ich plane in den Wald zu gehen.
Dort werde ich ... .

Wir planen an einen See zu fahren.
Dort werden wir ... .

Julia und Murat planen auf einen Berg zu steigen.
Dort werden sie ... .

Einige planen in Städte zu reisen.
Dort werden sie ... .

Schreibe alle Sätze vollständig auf.

→ AH 64

Das kann ich alles

1 Nach kurzem **Selbst- oder Umlaut** schreibe ich einen **Doppelmitlaut.**

S___ppe	Sch___ssel	St___mm	K___tte	T___ller	T___sse
K___mm	W___tte	G___sse	K___ller	R___ssel	P___ppe

Finde die Reimpaare und schreibe sie auf: *die Suppe – die Puppe ...*

2 Ich kann Schreibweisen begründen

die Wiese • der Riese • der Wind • das Ziel • der Brief • die Fliege
liegen • lieben • fliegen • schieben • singen • biegen
nie • wieder • vier • hier • will • viel

In jeder Reihe passen fünf Wörter gut zusammen. Schreibe sie auf.
Begründe, warum ein Wort nicht dazu passt:

In Wörtern, die mit **ie** geschrieben werden, klingt das **i** kurz ☐ lang ☐.

3 Ich kann kurze und lange Selbstlaute unterscheiden: ll oder l

der Sta___	*schne___*	*das Ta___*	*ro___en*
das Ge___d	*schä___en*	*der Te___er*	*ho___en*

4 Ich kann in Sätzen Fehler finden

Ich war mit meinem Fater auf dem fußballplatz.
Die socken waren sehr schmuzig.
Ana zeichnet zwei Heuser. Gestern war es kelter als heute.
In der bahn war wenig Plaz.
Lukas tregt eine warme Jake.
Am Monntag bekommt Leni eine kleine Kaze.

Streiche die falsch geschriebenen Wörter durch.

Schreibe die Sätze dann ohne Fehler auf.
Wenn du bei einem Wort unsicher bist,
schlage in der Wörterliste oder im Wörterbuch nach.

LP Wörter mit bezeichneter Vokalkürze sammeln und üben; das Wörterbuch als zuverlässige Rechtschreibhilfe nutzen. **BiSt** Sprach- und Regelwissen für normgerechtes Schreiben und zur Überarbeitung der Schreibprodukte nutzen; Unsicherheiten beim Rechtschreiben erkennen.

Ferienpläne – Ferienwünsche

★ **1 Kurze Geschichten schreiben**

Sophie wird in den Ferien aufs Land fahren.
Dort wird sie auf einem Bauernhof wohnen.
Das Mädchen wird oft … .
Sophie freut sich schon sehr auf … .

Fabian wird … See … .
Dort wird er … Gasthof … .
Der Bub … .
Fabian freut … .

Ich werde … .
Dort … .
Ich … .
Besonders freue … .

Wähle eine Geschichte aus und schreibe sie vollständig auf.

★★ **2** Und wie stellst du dir einen **schönen Ferientag** vor?
Schreibe darüber. Die Satzanfänge können dir dabei helfen.

Ein besonders schöner Ferientag

Heuer werde ich in den Ferien nach … .

In der Früh … .

Dort werde … .

Zu Mittag werde … .

Nachher werde … .

Lustig stelle ich mir vor, … .

Wenn es möglich ist, werde … .

Ganz besonders freue ich mich … .

Am Abend werde … .

Falls meine Eltern nichts dagegen haben, werde … .

Du musst die angebotenen Satzanfänge nicht in dieser Reihenfolge verwenden.

★★★ **3** Sammelt Vorschläge, wie Kinder die **Ferien zu Hause** schön gestalten können.
Schreibe darüber.

★★★ **4** Andere Schreibideen: Ein traumhafter Ferientag ODER Eine Traumreise.
Was stellst du dir darunter vor? Schreibe eine fantasievolle Geschichte.

LP Textteile ergänzen; Texte verfassen, um vor allem andere zu unterhalten (Eine Traumreise, Ein traumhafter Ferientag).
BiSt Die Kinder können Texte verfassen, um für sie persönlich Bedeutsames wie Ideen auszudrücken.

Wichtige Fachwörter

Artikel **der, die, das, ein, eine**	Namenwörter können Begleiter haben. Sie heißen Artikel. *ab Teil A, Seite 11*
Eigenschaftswort **der große Baum** **die kleine Katze** **das neue Auto**	Mit Eigenschaftswörtern kannst du ausdrücken, wie etwas aussieht oder ist. Sie können zwischen Artikel und Namenwort stehen. *ab Teil A, Seite 67*
Einzahl **der Hund die Ente** **das Kind**	Namenwörter können in der Einzahl stehen. *ab Teil A, Seite 7*
Großschreibung	Das erste Wort am Anfang eines Satzes schreibt man groß. Auch alle Namen und Namenwörter schreibt man groß. *2. Klasse*
Grundform **laufen spielen**	Die Grundform von Zeitwörtern ist dieselbe wie die WIR-Form. In der Wörterliste und im Wörterbuch stehen die Zeitwörter in der Grundform (= Nennform). *ab Teil A, Seite 27*
Mehrzahl **der Hund – die Hunde** **die Ente – die Enten** **das Kind – die Kinder**	Von Namenwörtern kannst du die Mehrzahl bilden. *ab Teil A, Seite 7*
Mitlaut **b c d f g h j k l m n p** **qu r s t v w x z**	Beim Sprechen klingt ein anderer Laut mit. *2. Klasse* KA EM
Namenwort **Tisch Katze Kind** **Spaß Angst**	Namenwörter bezeichnen Dinge, Lebewesen, aber auch Gedanken und Gefühle. Man schreibt sie mit einem großen Anfangsbuchstaben. *ab Teil A, Seite 7*
Satz **Anna isst gerne Eis.**	Ein Satz besteht aus Wörtern, die zusammen Sinn ergeben. Mit Sätzen kann man erzählen, etwas aussagen, fragen, auffordern: Aussagesatz, Fragesatz, Aufforderungssatz *2. Klasse*

Satzglied	Sätze bestehen aus Satzgliedern. Jeder Teil eines Satzes, den man an den Anfang stellen kann, ist ein Satzglied. *ab Seite 101*
Satzzeichen **. ? !**	Punkt, Fragezeichen und Rufzeichen nennt man Satzzeichen. Sie stehen am Satzende. *2. Klasse*
Selbstlaut **a e i o u**	Selbstlaute sind Laute, die beim Sprechen selbst klingen. Sie werden kurz oder lang gesprochen. *2. Klasse*
Silbe **Kind Kin|der** **vor|le|sen**	Silben sind Teile von Wörtern. Du kannst sie beim langsamen Sprechen hören. *2. Klasse*
Umlaut **ä ö ü**	Die Selbstlaute a o u können zu den Umlauten ä ö ü werden. *2. Klasse*
Wortbaustein **Kind-er spiel-en** **vor-les-en**	Wortbausteine sind die Bausteine, aus denen Wörter gebildet werden können. *2. Klasse*
Wortfamilie **spielen Spieler** **Spielzeug**	Wörter, die denselben Wortstamm haben, gehören zu einer Wortfamilie. *ab Teil A, Seite 72*
Wortstamm **fahren Fahrer** **Fahrrad**	Der Wortstamm ist der wichtigste Teil eines Wortes. Im Wortstamm steckt die Hauptbedeutung. *ab Teil A, Seite 27*
Wörtliche Rede **David prahlte: „Ich laufe schneller als du.“**	Wenn du aufschreibst, was jemand wörtlich sagt, nennt man das wörtliche Rede. *ab Teil A, Seite 32*
Zeitform **ich spiele ich spielte** **ich habe gespielt**	An der Zeitform eines Zeitwortes kann ich erkennen, von welcher Zeit gesprochen oder geschrieben wird. *ab Teil A, Seite 51*
Zeitwort **Du liest. Es regnet.**	Mit Zeitwörtern können wir ausdrücken, was Lebewesen tun oder was geschieht. *ab Teil A, Seite 59*
Zwielaut	Aus zwei Lauten ist ein neuer Laut geworden (zwie = zwei). *2. Klasse*

Wörterliste

A a

der **Abend**, die Abende

der **Adler**, die Adler

der **Affe**, die Affen

am

an

antworten, sie antwortet

arm, ärmer

aß (essen)

aufsetzen, sie setzt auf

austeilen, er teilt aus

die **Axt**, die Äxte

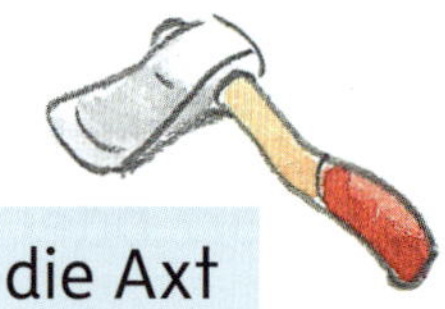

die Axt

B b

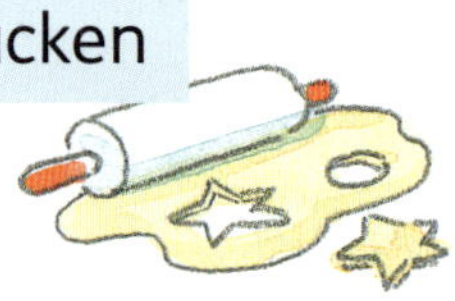

backen

backen, er bäckt

die **Bank**, die Bänke

der **Bär**, die Bären

der **Bauch**, die Bäuche

der **Baum**, die Bäume

beginnen, es beginnt

beißen, er beißt

bekam (bekommen)

bekommen, er bekommt

biegen, sie biegt

biss (beißen)

bitten, sie bittet

blasen, es bläst

die **Bluse**, die Blusen

der **Boden**, die Böden

bohren, sie bohrt

der **Boxer**, die Boxer

der Boxer

brennen, es brennt

das **Brett**, die Bretter

brummen, er brummt

die **Butter**

D d

die Decke

das

dass

dazu

die **Decke**, die Decken

deutlich

diese

der **Donner**

dort

drehen, er dreht

drei

dreißig

dumm

dünn

durch

entdecken

E e

einsammeln, sie sammelt ein

der **Elefant**, die Elefanten

entdecken, er entdeckt

erblicken, sie erblickt

der **Erwachsene**, die Erwachsene, **die** Erwachsenen

essen, er isst

etwas

euch
extra

F f

fangen, sie fängt
fassen, er fasst
fast
faxen, sie faxt
fehlen, es fehlt
fett
feucht
das **Fleisch**
fleißig
fließen, es fließt
die **Flocke**, die Flocken
floss (fließen)
die **Flöte**, die Flöten
der **Fluss**, die Flüsse
fragen, sie fragt
fraß (fressen)
die **Freude**, die Freuden
freundlich
fressen, sie frisst
der **Frieden**
der **Frosch**, die Frösche
die **Früh**
früher
der **Fuchs**, die Füchse
fühlen, er fühlt
das **Futter**
füttern, er füttert

die Flocke

hängen

G g

die **Gämse**, die Gämsen
ganz
gar
der **Geburtstag**, die Geburtstage
gemeinsam
das **Gemüse**, die Gemüse
gemütlich
gestern
gewinnen, er gewinnt
das **Gewitter**, die Gewitter
gießen, es gießt
die **Gießkanne**, die Gießkannen
das **Gitter**, die Gitter
gleich
die **Glocke**, die Glocken
goss (gießen)
der **Gruß**, die Grüße
grüßen, sie grüßt

grüßen

H h

der **Hahn**, die Hähne
halb
halten, sie hält
hängen, es hängt
heiß
heißen, er heißt
das **Hemd**, die Hemden
heute
die **Hexe**, die Hexen
hieß (heißen)

der **Hirsch**, die Hirsche
die **Hitze**
die **Höhe**, die Höhen
der **Honig**
hören, sie hört
das **Huhn**, die Hühner

I i

das **Interesse**, die Interessen
ist (sein)

J j

die Jacke

die **Jacke**, die Jacken
jede

K k

der Käfig

der **Käfer**, die Käfer
der **Käfig**, die Käfige
kalt, kälter
kam (kommen)
der **Kamm**, die Kämme
kämpfen, sie kämpft
die **Kappe**, die Kappen
die **Kartoffel**, die Kartoffeln
der **Käse**, die Käse
kennen, sie kennt
die **Kette**, die Ketten
die **Kirsche**, die Kirschen
das **Kissen**, die Kissen
der **Knödel**, die Knödel
kommen, er kommt
kratzen, sie kratzt
das **Kraut**, die Kräuter
der **Krieg**, die Kriege
das **Krokodil**, die Krokodile
der **Kuchen**, die Kuchen
kühl
kurz
der **Kuss**, die Küsse

L l

lag (legen)
das **Lamm**, die Lämmer
lang, länger
las (lesen)
lassen, er lässt
das **Leben**
leer

leer

legen, sie legt
lesen, er liest
die **Leute**
die **Liebe**
der **Löffel**, die Löffel
löschen, er löscht

er mäht

M m

mähen, er mäht
die **Marille**, die Marillen
die **Marmelade**, die Marmeladen
das **Mehl**, die Mehle

meinen, er meint
meist
die **Melone**, die Melonen
der **Mittag**, die Mittage
die **Mitte**
mixen, sie mixt
modern
morgen
die **Mühe**, die Mühen
die **Mütze**, die Mützen

N n

der **Nachmittag**, die Nachmittage
die **Nacht**, die Nächte
nähen, er näht
nahm (nehmen)
nehmen, sie nimmt
nett
neun
nichts
nie
noch
die **Not**, die Nöte

O o

der **Ochs**, die Ochsen
ohne
der **Ort**, die Orte

P p

der **Papagei**, die Papageien
passen, es passt
der **Pfirsich**, die Pfirsiche
pflegen, er pflegt
pflücken, sie pflückt
der **Platz**, die Plätze
pressen, er presst
putzen, sie putzt

R r

der **Raum**, die Räume
die **Reihe**, die Reihen
reißen, er reißt
rennen, er rennt
retten, sie rettet
der **Riese**, die Riesen
riss (reißen)
der **Riss**, die Risse
rufen, es ruft
die **Ruhe**
der **Rüssel**, die Rüssel
rütteln, es rüttelt

S s

die **Säge**, die Sägen
sammeln, er sammelt
saß (sitzen)
satt
scharf, schärfer

schieben, sie schiebt
schießen, er schießt
schließen, sie schließt
schlimm
der **Schlitten**, die Schlitten
schloss (schließen)
das **Schloss**, die Schlösser
der **Schluss**
der **Schlüssel**, die Schlüssel
schmecken, es schmeckt
der **Schmutz**
schoss (schießen)
der **Schuh**, die Schuhe
die **Schüssel**, die Schüsseln
schütten, es schüttet
schützen, er schützt
schwach, schwächer
der **Schwan**, die Schwäne
schwarz
schwierig
schwitzen, er schwitzt
sechs
sehen, sie sieht
sein, er ist
seit
siegen, sie siegt
sieht (sehen)
sitzen, er sitzt
der **Socken**, die Socken
das **Sofa**, die Sofas
sollen, sie soll

der Traum

spannend
spät, später
der **Spinat**
spitz
spritzen, es spritzt
der **Stamm**, die Stämme
der **Stängel**, die Stängel
stark, stärker
stecken, es steckt
der **Stiefel**, die Stiefel
die **Stimme**, die Stimmen
der **Strauch**, die Sträucher
streichen, sie streicht
streiten, er streitet
stricken, sie strickt
der **Strumpf**, die Strümpfe
der **Stuhl**, die Stühle
stumm
summen, sie summt
der **Supermarkt**, die Supermärkte

streiten

T t

die **Tafel**, die Tafeln
das **Taxi**, die Taxis
teilen, sie teilt
teuer
der **Text**, die Texte
die **Tomate**, die Tomaten
die **Tonne**, die Tonnen
die **Träne**, die Tränen
der **Traum**, die Träume

das Taxi

die **Treppe**, die Treppen
die **Trommel**, die Trommeln

U u

über

V v

vergaß (vergessen)
vergessen, er vergisst
verschieden
vier
der **Vormittag**, die Vormittage
vorsichtig

W w

während
die **Wand**, die Wände

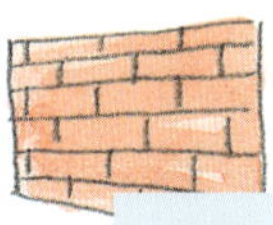

die Wand

war (sein)
was
wechseln, sie wechselt
der **Wecker**, die Wecker
die **Weichsel**, die Weichseln
weiß (wissen)
wenn
wieder
wissen, er weiß
der **Witz**, die Witze
wohl
wollen, sie will
der **Wurm**, die Würmer
die **Wurst**, die Würste

Z z

zählen, sie zählt
der **Zaun**, die Zäune
zehn
das **Ziel**, die Ziele
das **Zuckerl**, die Zuckerl
zurück
zusammen
zwei
die **Zwiebel**, die Zwiebeln
zwölf

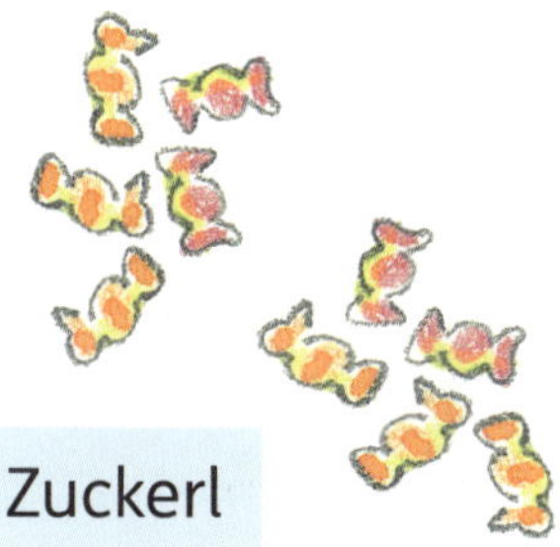

die Zuckerl

Quellenverzeichnis

S. 120: Nöstlinger, Christine: Frühling. Aus: Der Frühling kommt. Schroedel, Hannover 1972